光文社文庫

やせる石鹸（下）
逆襲の章

歌川たいじ

光　文　社

目次

【登場人物紹介】

細川たまみ……21歳の巨デブ女子。子どものころからディスられて生きてきた
彩香……たまみの従姉妹。ダンサーを目指すも挫折。拓也のことが好きだった
女将……たまみの叔母で彩香の母。たまみの唯一の理解者
辻堂拓也……商社に勤める青年。たまみに交際を申し込むも断られる
原田實……デブ専のゲイバー『ぐるぐる』のアイドル的巨デブ男子。高校でよき子と同級
ラミ……『ぐるぐる』の古参スタッフ。粗悪なダイエットサプリで死にかける
ヒロ……脱デブしたゲイ。ゴーゴーボーイ
瀬谷……『ぐるぐる』の常連客で實を愛人にしている
遠藤よき子……たまみの中学時代の同級生。やはり巨デブだった。40kg減量に成功するも、ダイエットが原因の体調不良で急死する

『やせる石鹸（上）初恋の章』あらすじ

たまみは見る人がぎょっとするほどの「巨デブ」。「デブ専」男子・拓也から告白されるが、今まで散々「デブは醜い」とディスられながら生きてきたゆえ、「デブだから好き」などというくらいの言葉では到底救われない。好意を抱きつつも拓也を拒絶してしまう。

一方、上野のデブ専ゲイバー『ぐるぐる』では、實の先輩・ラミがデブ専界から足を洗いたい一心で粗悪なダイエットサプリを服用。あやうく死にかけるという事件が起きる。

そんな中、たまみは中学時代の同級生でやはり巨デブだったよき子と偶然再会する。よき子はまるで別人のようにやせていた。「太っている」というだけで、ディスられ、食い物にされる世の中に嫌気がさしていたたまみは、やせることを決意。よき子に教えを請おうとした矢先、よき子の訃報を受け取る。よき子がブログに遺した心の叫びを読んだたまみは、ダイエットはやめ、かわりに「デブを嗤う世の中を変える」ことを決意する……。

やせる石鹸（下）　逆襲の章

1

まだ夕方の陽差しが漏れ入ってきている開店前の『ぐるぐる』で、原田實《はらだみのる》とラミちゃんが巨大な背中を並べ、ノートPCの画面を見ていたわ。ふたりとも、分厚い肩を震わせて笑ってたの。

「ラミちゃんの女装って、ほんと超ブスだよね」實がそう言うと、「ウソよ、ノンケ男から抱かれたいですってメール来たわよっ」と、ラミちゃんはわめきながら實の二の腕をバンバン叩《たた》いてた。

ＰＣの画面の中では、なにやら騒がしい動画が再生されていたの。女装したラミちゃんと、ゴーゴーボーイのヒロが映ってたわ。

ラミちゃんはＯＬの制服を着てた。もちろん、ラミちゃんが着られる制服なんてないから、アメリカのＸＸＬサイズ専門店から取り寄せた巨大サイズのベストとタイトスカートとブラウス、それにスカーフをあわせて制服に見せかけているのよ。片やヒロは自前のスーツ姿だった。ヒロの本業は弱小不動産会社の社員なの。

動画の内容は、ラミちゃんとヒロの掛け合いコントよ。

ラミちゃんが演じているのは脱デブしようとダイエットに勤《いそ》しむ巨デブOLなの。オトメな感じで「今日からわたし、ダイエットするのン。お弁当をちっちゃいのに変えて、ウォーキングするのン。スリムになって、かわいくなって、ステキな恋をゲットするのン」とキュートに宣言するのね。すると、サラリーマン設定のヒロが口をはさんでくるわけ。

「アナタのダイエット法、間違ってないですかぁ？　効果のないダイエットを毎日続けて、やせないどころか代謝が落ちて性欲も落ちて、ババアになって軽い尿モレ。そんな経験、身に覚えがある人も多いはずぅ。そんなアナタに、まさかまさかの朗報でぇす。運動不要、おなかいっぱい食べてやせられる、目からウロコのダイエット法をご紹介ぃ。すでに5万人が大絶賛、まさに奇跡のダイエットォ。マサチューセッツ大学医学部研究グループの研究によればぁ、朝食にウナギの肝《きも》を食べるとぉ……」

ヒロが熱演しているのは、巷《ちまた》によくいるダイエットの敵の一種族、その名も「新情報オトコ」。ネットに溢《あふ》れてるダイエット新情報をヒラつかせては、他人のダイエットに水を差してくる金バエよ。

それに対してラミちゃんはクワッと豹変《ひょうへん》すると、新情報オトコに向かってマシンガンみたいに言葉を乱射したわ。

「うるせぇなぁ、とっくに知ってるよそんなクソ情報。オマエの口から出てくる言葉、ぜんぶ馬のクソなんだよ。肛門《こうもん》かオマエの口は」

瞬時に肛門みたいに口をすぼめたヒロに、ラミちゃんはさらにまくしたてた。

「ダイエットなんて宗教と同じなんだよ。それぞれ理屈があって、なにを信じるかは信教の自由なんだよ。おまえのクソ布教で毎日くるくる改宗してられっか。おまえが自分のTENGAでも毎日替えとけ、クソ野郎」

「TENGAを使うのは週に2回ですッ」

「クソやかましいわッ。オマエがケータイで知ったクソ情報ぐらい、誰だって知ってるんだっつの。最低のギャラで書いてる小便ライターがハシタ金欲しさに書いてる記事だろ、そんなもん。いいこと聞いちゃったーみたいにバラまくな、村のバカかオマエは」

ラミちゃんの攻撃の最中に、動画の画面がぐらぐら揺れたわ。カメラマンが笑っちゃったのね。それを見たラミちゃんは、PCの前で突っ伏して笑う實をキッと睨《にら》んだの。

「ちょっと、カメラマンさん。撮影中にウケないでちょうだいよ。カメラ揺れてるじゃないの」

ラミちゃんにそう言われて、實はまたナミダ目になって笑ったわ。

「なによ、なにがまだそんな新鮮におかしいのよ」

「だってさ、ヒロってもともと村のバカみたいな顔してるからさ」

實が窒息しかけながらそう言うと、「なんてこと言うの」とラミちゃんも笑った。

そこにジャストなタイミングでヒロが店に入ってきたもんだから、ラミちゃんと實は巨体を折り重ねて爆笑地獄に呑《の》み込まれたの。ヒロはなんで笑われているのかわかりようもなくて、ぽかんとするしかなかったわ。

『ぐるぐる』は完全に調子を取り戻していて、毎日ラミちゃんトークが炸裂《さくれつ》してるのね。お客さんの賑《にぎ》わいも以前のままよ。変わったことといえば、ヒロが頻繁に来るようになったことぐらいね。

ラミちゃん宅襲撃事件以来、ヒロはラミちゃんとも實ともけっこう仲良しになっていたのね。というか、ヒロにはもともと友達がいなかったの。だから捨て犬みたいに尻尾《しっぽ》を振って、ふたりになついてきちゃったのよ。

ヒロは、脱デブに成功した元巨デブよ。やせてマッチョになってからはゴーゴーボーイとしてパンイチ裸体を晒《さら》したり、ネットアイドルを目指してアヘ顔を公開したりしていたの。だけど、臀《でん》部《ぶ》の肉割れは消えやしないわ。

やせる前は、脂肪を落として筋肉をつけてバンバン脱ぎさえすれば、人生が開けると思ってた。モデル的な仕事をする人になれたり、愛される人になれたりね。でも、ヒロはやせても何にもなれなかったわ。デブじゃない人になっただけよ。筋肉はつけたけど、気前よく脱いだけど、脱いでるマッチョなんかゲイの世界にはいっぱいいるの。もともとマッチョなんて見せたがりでしょ。脱いだだけじゃ、そんなに目を引く存在にはなれないのよ。社員9人の不動産会社に勤めチラシを撒《ま》くかたわらでネットに裸体を晒すぐらいじゃ、おいしい話なんか飛び込んでこなかったのね。当たり前といえば当たり前なんだけどね。

まぁ、脱デブした本人にしてみれば、やせさえすればバラ色の人生が待ってると思い込んでも、仕方がないことかもしれないわね。だって、だってね、子どもの頃からデブだったヒロには、太っていない生活の記憶がなかったんだもの。やせるまで、太っていない生活は妄想の中にしかなかったの。妄想なんて、いくらでも膨《ふく》らんじゃうものでしょ。

それに、脱デブはたやすくはなかったわ。ヒロなりにものすごいエネルギーを注ぎ込んだの。だから、達成したらどこかにたどり着けるだろうって、どうしても思ってしまったのよね。

ヒロは思うように成果の出ない毎日に、どんどん元気をなくしていったわ。ゲイからも思ったほど応援してもらえないし、頑張ってねとか雑に励まされてもうれしくないし、本当はもうＹｏｕＴｕｂｅでアイドルを狙っていくのにも疲れてきちゃってたの。わざわざ言わなくてもいいじゃん的なことを、ネットでいっぱい言われたしね。顔が貧相とか体がユルイとか乳首がでかいとか乳首が黒いとか。

ある日、ヒロは『ぐるぐる』のカウンターに突っ伏して、「なんか、自分が消費されていくのに疲れちゃった」と、こぼしたのね。するとラミちゃんは瞬時に、「そんなに消費されてないでしょ、たいして人気ないんだから」とツッコんだの。

ラミちゃんの毒舌に、ヒロは大爆笑したわ。心の秘孔《ひこう》を突かれて、悪いガスが抜けたのかもしれないわね。そして、そこからラミちゃんとの友情みたいなものが発生したの。必然的に實との距離も近くなっていったのよ。

ラミちゃんの言葉で大爆笑したことは、ヒロにとって、ものすごいデトックスになったの。

そしてラミちゃんといろいろ話すうちに、方向転換することを思いついたのね。

ラミちゃんに脱デブの体験談をいろいろ話したら、「実感がこもってておもしろいわぁ」と絶賛されたの。そこでひらめいたのよ。

「いっしょに台本作って、ダイエットあるあるコント動画を撮らない？　撮ったらＹｏｕＴｕｂｅで公開しようよ」ヒロの提案に、ラミちゃんはノリノリでＯＫしたわ。

お約束として、ラミちゃんが扮《ふん》するのは脱デブしようとするＯＬで、ヒロがダイエットの妨げとなるさまざまな人物を演じていくの。ヒロの実体験をもとに、さらにラミちゃんとアイデアを出し合って台本に書き起こしたのね。

ヒロはシモユルだけあって演技が上手で、いろいろなダイエットの敵を演じわけていたわ。

「食いたいもんなんか我慢しないでも運動すりゃやせるんだよ。オレなんか毎日走ってるんだ」みたいに、走ることがどれだけデブの膝《ひざ》に負担をかけるのかも考えず、自分の若々しさをアピールしたいがためにいい加減なことを言ってくる「論客おやじ」とか。

宴会の席で気が利く女と思われたくて、頼んでもないのに高カロリーな大皿料理をとりわけてくれちゃう「おとりわけ女」とか。

根拠もなく「これぐらいじゃ太らないから大丈夫だよ」などと、親友ヅラで行きたい店につきあわせるけど、デブいじりされてるときはぜんぜん味方になってくれない「だいじょうぶ女」とか。

もう、あらゆるバリエーションのお邪魔虫を、見事に演じてた。

「こんなにリアルなセリフがぼんぼん出てくるなんて、どんだけ怨《うら》みが深いんだ」と實は思ったわ。でも怨みが深いぶん、演技にスゴ味があって笑えるのよ。そこに、ラミちゃんが得意のマシンガントークで猛毒を浴びせかけるのが圧巻だったわ。

ヒロがアヘ顔を晒していた動画とちがって、YouTubeで公開したふたりのコントシリーズは、ネットのあちこちに拡散されたの。再生回数が各回とも数十万回にものぼる大ヒットとなったわ。

ヒロは望み通り、ネットの有名人になった。ふたりが作る台本はどんどん精度の高いものになって、演技もぐんぐん上手になっていったのね。

實はカメラマン兼編集担当兼雑用係として、ふたりを手伝ったわ。ラミちゃんとヒロは、實の編集センスをベタぼめしたの。テロップの入れ方なんか、ハンパじゃなくプロっぽいって。

「ソフトがいいだけです」と實は仏頂面で言ったけど、まんざら悪い気はしなかったのね。

その日、ヒロは『ぐるぐる』で深夜まで飲んでいたの。根っこをはやして、何時間もくだを巻いてたのね。もともとシモユルだけど、酔うと口までユルくなるみたいだったわ。

「この前さ、やせたジイさんが来てたじゃん。瀬谷《せや》さんて人。あれ、實とどういう関係なの？」ヒロがジントニックを飲みながらニマニマして聞いてきたのね。

「え、なんで？」

實は、瀬谷さんと自分との関係が、どんな名前がつくものなのかなんて考えてこなかった。だから口ごもってしまったのよ。

「デキてるわけ？」

「デキてるっていうか、まぁ、エッチしてほしいみたいだから、たまにボランティアみたいな」

相変わらず瀬谷さんとの関係は終わってはいないけど、別に終わらせるようなきっかけがないから続いているだけで、特に続けたいと思っているわけでもなかったのね。

「あのさぁ」ヒロがニヤついているのは、酒のせいだけじゃなさそうだったわ。「ずっと前のことなんだけどね、……ああ、やっぱいいや、やめとこう」

「なんだよ、言いかけてやめるのやめましょうよ」實は思わず気色《けしき》ばんだわ。そこにラミちゃんも絡んできた。「そうよッ、メニューだけ見せて食わせないつもりッ」

マスターは古い常連客と話し込んでいて、こちらの話は聞いてないみたいだった。本当はタヌキ耳で聞いてたのかもしれないけどね。

「……実はオレ、デブだった頃、あの人の愛人だったことがあったんだよね」

想定外のヒロの告白に、ラミちゃんはカン高い悲鳴を上げたわ。でも實には、なんの感慨もなかったの。愛人という言葉自体のほうが、ずっとインパクトがあったのね。そんな實にヒロは、「オレたち戦友だよな」的な空気を出してきたわ。

「粘着質だよね、あの人。なんかエッチもねちっこいしさ」

實は、ヒロもあのデブ崇拝の儀式の神様になったことがあるんだなぁと思っただけだった。

神々の集う店、『ぐるぐる』。

「でもさぁ、この前あんた、瀬谷さんの隣の席にすわってたじゃない。お互いシカトぶっこいてなかった？　ヘンな別れ方したんでしょ」ラミちゃんが柿ピーをぼりぼり食べながら言ったわ。

「オレは挨拶《あいさつ》したよ。シカトしたのはあっちだって。あの人はそういう人なの。脂肪がない人間とは口をきくのも億劫《おっくう》なんだから」

ヒロのこの言葉が、實の心の中のちょっとデリケートなところにぽとりと落ちた。そして、ねっとりした波紋を広げていったわ。

やっぱり瀬谷さんは、自分ではなく自分の脂肪にしか関心がないのだろうか。つまるところ、瀬谷さんもノギスに過ぎないのだろうか。ノギスに身を任せている自分は、脂肪を脱ぎ捨てたヒロにはどのように見えているのだろうか。

想定外の会話だった上に、気持ちがへんなところに着地してしまった。

すこし頭の整理が必要だなと思ったところで、ラミちゃんが42万円もとられるダイエットクリニックの話をはじめたので、瀬谷さん問題はそこで流れていったわ。

「ぼったくりよね、42万円だって！　どんな治療してくれるのよっ」ラミちゃんはスリムバンバンの怨みがあるせいで、ダイエット業界に対しては辛口派に改宗していたのね。

「L‐カルニチンの点滴とか、食事指導とかでしょ」ヒロが訳知り顔で言ったわ。

「L‐カルニチンなんて、ドラッグストアで５００円ぐらいでサプリとか売ってるやつでしょ。食事指導だって、だいたいみんなに同じこと言うんじゃないの。バイトがカウンセラーやってるかもしれないじゃない。それで42万円。生き馬の目を抜くわよね、ダイエット業界って」ラミちゃんはパンフレットを眺めながら吐き捨てたの。

それ、遠藤《えんどう》よき子が成功者モデルになってたクリニックだ。實は、そう思ったわ。

實が遠藤よき子の死を知ったのは、よき子が死んで数ヶ月過ぎてからだったの。よき子の死でクリニックの責任が問われて、ネットのクチコミサイトが炎上したことがあったのよ。結局クリニックに直接の原因があったわけじゃないことがわかったんだけど、亡くなったのが高校時代の同級生の遠藤よき子だと知るのに、そんなに時間はかからなかったわ。一連の炎上コメントの中に「これ死んだデブのブログ。合掌」というのがあって、遠藤よき子のブログのＵＲＬが貼られていたの。

ラミちゃんがクリニックのパンフレットを片手に辛口発言を連発しているのを見ながら、實はずっとよき子のことを思い出してた。實は、よき子の最後のブログを数十回は読み返していたのね。死んだよき子と生きているラミちゃんを並べて見ているような気がしたの。

2

代々木《よよぎ》駅から千駄ケ谷《せんだがや》の方向に歩いて数分、商店街を抜けてちょっと静かな町並みになってきたところに、日本屈指のダンスカンパニーのスタジオがあるの。そこでは一流を目指すプロ志向の生徒だけが通うダンスレッスンが行われているのね。大きな看板が出ているわけじゃないから、普通に歩いているだけじゃそこがスタジオだなんて誰も気づかない。でも、ダンサーを志す人なら誰もが知る名門なのよ。

そんなスタジオの中から、街路樹を揺らすような怒号が轟《とどろ》いてきたの。

「うちは養トン場じゃねんだよ、ダンス屋なんだよッ」

鏡張りのスタジオの中央で、細川《ほそかわ》たまみはでかい目をカッと見開いたオバサンから罵倒《ばとう》され、持ってきた菓子折ごと石と化していたわ。

たまみに牙《きば》を剝《む》いてたのは、なんと、かつて彩香《あやか》ちゃんが師事していたダンスカンパニーの代表なの。

パッと見はサルの干物みたいなオバサンだけど、日本のダンサーたちにとっては神。彼女とすれ違えば大物ダンサーでも深々とお辞儀する大先生よ。そんな大先生が目を血走らせて大音声《だいおんじょう》を浴びせてきたもんだから、たまみは瞬時に石化してしまったのね。

だけど、大先生も大先生で内心まっ青になってたのよ。ダンサー志願者として面談に来た女がこんな巨デブだなんて想像もつかなかったからね。先生の口から出たのは罵声じゃなくて悲鳴だったのかもしれないの。バナナの叩き売りみたいなしゃがれ声だから、どっちなのか区別しづらいのよ。

大先生はおそろしく細くて手足が長く、ものすごく頭が小さかった。顔が真っ黒で、化粧はぜんぜんしてなくて、眉毛《まゆげ》がなかった。眼光に鬼気迫るものがあっておそろしかったわ。アフリカの伝統的な呪術で使われるお面みたいだったのよ。でも、ウェーブのかかった長い髪は豊かでアーティスティックで、美しかったの。

「盆踊りなら町内会に相談しな」

大先生はそう言って、美しい動作で立ち上がった。「こんなこと焼酎1杯で忘れられるさ」ぐらいの空気で去っていこうとした大先生は、やっぱりちょっと動揺してたみたいで、サンダルが脱げかかって躓《つまず》いたのね。

パタッと床が音を立てた。普通の人だったら転ぶところだけど、さすがダンスの大先生ね。すぐにバランスを立て直したわ。その音で、白目をむいて固まっていたたまみはパッと意識を取り戻したの。

「盆踊りじゃダメなんですッ」瞬発力で、大先生の罵声に匹敵するような大声が出た。

「吠《ほ》えるな」

体勢を立て直すとともに心の落ち着きも取り戻していた大先生は、すでに巨デブに大声を出されたぐらいじゃたじろがなくなっていたわ。メンタル強いのよ。今まで何百人ものダンサーを石化させてきた、メデューサみたいな女だからね。

「なんで盆踊りじゃダメなんだよ、重すぎて櫓《やぐら》の床が壊れるからか。じゃ、女相撲にすりゃいいじゃん。あんた横綱になれるよ」大先生は振り向くと、光線でも出しそうな目でたまみを見据えたわ。どんなに偉い人にも直球しか投げませんみたいな顔をしてた。

「あんたさぁ、やせたいんでしょ。だったら、そこいらのダイエットエクササイズに行きなさい。仲間がいっぱいいるし、うちみたいにしごかれたりしないしさ。ダンスはエクササイズとは違うの。うちじゃ、ついてこられんよキミは」

たまみは、これだけは大先生にわかってもらいたくて、渾身《こんしん》の声をほとばしらせちゃったの。

「私は、やせたいんじゃありません。ダンスを踊りたいんですッ」

よき子が死んで、泣きながらデブプライドの確立を目指す決意をした日から、たまみは目標を探しつづけていたの。

「デブを嗤《わら》うこの世の中を変えてやるんだ」そんな壮大な決心をしたたまみだったんだけど、実際どこに向かって歩き出したらいいのか道を見出すのは、簡単なことではなかったわ。

よき子は、「もっと自分を受け入れ、誰から何を言われても揺るぎない自分を築き上げなきゃならなかった」と、生涯最後のブログに書いていた。たしかに、世の中を変えていくなんて大事業、自分がぐらぐらしてちゃできないわ。

でも、どうやったら揺るぎない自分を築き上げていけるのか。たまみは必死で考えたの。まぁ、考えてる間にも菓子だの肉だの食べてたんだけど、食べながらでも、偏頭痛がぴきぴき痛み出すぐらい考え続けてたのよ。

考えてるたまみのそばでは、相変わらずたまみの母が無関心オーラをまき散らしながら暮らしていたわ。

母は誰に何を言われようと、揺るぎないどころかまったくとりつく島がない人よ。あんなふうになりたいわけじゃない。だけど、揺るぎない自分みたいなものをイメージしようとすると、たまみの脳裏にはどうしても母の顔がちらつくの。「未来に蒔《ま》かれた種」レベルの人だからね。

母は遺伝子によって揺るぎない自分を手に入れているのかもしれないけれど、あんなふうには生きられない自分は、デブである自分にしかできない経験を積み上げて心に刻み込むしかないと考えたわ。それができなければ一生、母にかなわないという気もしてきたのよ。負けっぱなしでいたくなかった。種であるだけじゃなくちゃんと芽を出し、母を押しのけるような繁殖力で生い茂ってやりたいと思ったの。

ところで、彩香ちゃんはその頃、ひきこもりの小デブ状態だったのがさらに太って、取り返しがつかない領域に突入しそうだったわ。

見かねた女将《おかみ》さんが彩香ちゃんと若い板前さんを呼びつけて、あんドーナツ禁止令を出したのね。そして、どこででもいいからダンスを再開しなさいって、いやなら出て行けって、彩香ちゃんに厳命したわ。でも、彩香ちゃんは素直に従いはしなかった。それどころか数日後、とんでもないことをやらかしたの。

小デブから中デブに昇格しそうな勢いを利用して、なんと彩香ちゃんはデブ専・辻堂拓《つじどうたく》也《や》に再アタックを開始したのよ。

彩香ちゃんはまず手始めに、辻堂拓也にメールを送りはじめたのね。体調を崩してダンスを踊れなくなり、せっかく相談に乗ってもらったのにクラスを辞めてしまったと、事後報告の体裁だった。ダンスをやめたらすごい太っちゃって的なアピールを、しっかり紛れ込ませていたわ。

ちょうどその頃、辻堂拓也は会社の接待なんかには、またたまみの店を利用するようになってたの。時間をおいてリセットした上で、たまみと今度はゆっくりと関係を作ろうと考えたのよ。

拓也もたまみも、機会があれば友達路線に乗せていきたいぐらいの気持ちだった。慎重な歩み寄りを始めてるのかと思えば、まだ始めてないかもみたいな、じれったいぐらいデリケートな状態だったのよ。

そんな、ある日。

拓也は同僚と一緒に、たまみの店にランチを食べに来たの。ランチタイムに拓也が来たのは、本当にひさしぶりだったのね。彩香ちゃんは拓也が来ていると知るやいなや、普段はやりもしない手伝いをする体裁で、客席フロアをうろちょろしはじめたの。もちろん、太った自分を拓也に気づかせるためによ。まぁ、中デブぐらいの半端なデブじゃ、拓也のストライクゾーンには入れないんだけどね。デブ専が一枚岩じゃないことなんて、彩香ちゃんは知らなかったのよ。

あまりにもあからさまな振舞いに、恋愛に関してはなんのアンテナもないたまみも、彩香ちゃんの魂胆に気がついた。さすがにメラメラ燃えちゃったの。

なんで、あんなことできるんだろう。私をなんだと思ってるんだろう。

厚い脂肪を怒りで真っ赤にしたたまみを見て、最古参の仲居が耳打ちしてきたわ。

「動物よねぇ、やってることが」基本的に店の人間は、拓也に関してはたまみの味方だからね。「たまみちゃんがあの人とデートする前もさ、あんなことやってたのよ」仲居さんは鼻の下を縦じわだらけにして密告してきたの。

たまみはしばらく、彩香ちゃんと目も合わせず、もちろん口もきかなかった。彩香ちゃんもたまみの態度の変化にすぐに気づいたみたいだったけど、動揺する素振りは微塵《みじん》もなかった。わざわざたまみの前で若い板前とゲラゲラ笑いあったりして、あてこすりみたいなことをしていたのね。

そこに、女将さんのカミナリが彩香ちゃんの脳天をめがけて落ちてきたの。いつまでたってもダンスをやらない彩香ちゃんに「今すぐ出て行け」と、かつてない大声で怒鳴ったのよ。

「いまこんなに太ってるんだから踊れるわけないじゃん」

彩香ちゃんは目を真っ赤にして言い返してたわ。太った顎《あご》が怒りでさらに膨らんでた。板長が仲裁に入ろうとしたけど、一部始終をウォッチしたい最古参の仲居さんがサッとそれを阻止したのね。中堅の板前さんの口が「グッジョブ」と動いたわ。

太ってるから踊れない？

そのとき、たまみの脳内でパッと電球が点灯したの。ヘレン・ケラーがｗａｔｅｒの意味を知ったときのような、そんな一閃《いっせん》が巨体を貫いたわ。

デブが踊っちゃいけないの？

目の前でブラインドがするする上がったように、探していた答えが見えてきた気がしたのよ。

デブのダンサーって、世界にどのくらいいるんだろう。ほとんどいないんじゃないだろうか。巨デブのダンサーなんて、きっと聞いただけで誰もが失笑する。１億円貸してくれと言われたみたいな顔して、肩をすくめるに違いない。

でも、でも、デブじゃなきゃ踊れないダンスって、作れないんだろうか。

もちろん、このひらめきには彩香ちゃんへの怒りが詰まっていたわ。

拓也に関係することばっかりじゃなくて、「娘」としての反感も大いに含まれていたの。

女将さんは彩香ちゃんのために、知り合いのつてを頼り頭を下げて、一流のダンスクラスに通えるようにしてあげたのよ。それなのに彩香ちゃんは感謝もせず、夢を大事にしなかった。そんな彩香ちゃんの目の前で、たまみがダンスによって「揺るぎない自分」を築き上げることができたならば、最大のあてこすりになると考えたのね。

あいつをナミダ目にさせてやる。

そんな気持ちがあってのひらめきだったわけなのよ。

その夜、たまみは居ずまいを正して女将さんに、かつて彩香ちゃんが通っていたダンスクラスを紹介してほしいとお願いしたの。

「たまみちゃん、ダンスしたいの？」

女将さんは驚きのあまり絶句したわ。すごい絶句だった。まるで父親が女装して街を歩いているところに出くわしたぐらいの絶句よ。

「どうかしらねぇ、あそこは簡単に入れるところじゃないしねぇ」女将さんはたまみを傷つけずに軟着陸させようと、空き地を探しているみたいだった。

「たまみちゃん、ダイエットしたいのよね？　そうでしょ？　だったらエアロビクスのクラスとかに行ったほうがいいんじゃない？　いいとこ探してあげようか」

女将さんはたまみの近くにすわり直し、でかい腰に手をまわして、なだめモードに入ったわ。

「ダイエットしたいわけじゃないんです」たまみは、凛《りん》として答えたの。

「やせたくなんかない、ダンスを踊りたいんです」

女将さんは眉間《みけん》をコイル巻きにして困った。なんだけど、けっこうすばやく考え直してくれたみたいだったの。

「それが、たまみちゃんの希望なのね。だったら、あたしが止めてどうするのよね。あたしは応援する立場よね」慈しむような顔をして、そう言ってくれたわ。

彩香ちゃんが中途半端にクラスを辞めてしまったから、そうそう気軽にコネを利用するわけにもいかなかったんだけど、女将さんはたまみのために、もう一度頭を下げまくって、とりあえず大先生にお目通りできるようにしてくれたのよ。

数週間後、いよいよたまみが代々木のダンスカンパニーのスタジオを訪ねる日が来たわ。

たった1回のお目もじで、すんなりクラスに入れてもらえるなんて、たまみはもちろん、ぜんぜん思っていなかった。たぶんやんわりと断られるのだろうと思ったから、再度のお願いのチャンスを摑《つか》めるように、レッスン見学の許可を求めたりとか、お店に食事に来てもらえるようにとか、綿密に戦略を立てていったの。そのためのセリフも、ちゃんと作って頭に叩き込んでいたのね。

女将さんは「いっしょに行ってあげようか」と聞いてくれたんだけど、たまみは土下座でも泣き落としでも腹踊りでもなんでもやってカンパニーの懐に飛び込む覚悟だったので、ひとりのほうがかえって気楽だった。両頰をびしびし叩いて気合いを入れ、たまみはスタジオに向かったの。

「うちは養トン場じゃねんだよッ」という大先生の怒号を浴びた瞬間、たまみは作り込んだセリフを全部忘れたわ。

「私はやせたいんじゃないんです。ダンスを踊りたいんです。デブは踊っちゃいけないんですかッ」そんな戦略もくそもない、ただの直球が口から飛び出しちゃったのよ。

「ほとんどの人が、デブはみんなやせたがってると思ってます。事実、多くのデブはやせたがってます。でも、私は違うんです。やせたからって、なんなのでしょう。デブじゃない人はデブより上なんでしょうか。デブはデブじゃない人より下なんでしょうか。誰が、そんなこと決めたんでしょうか。誰が決めていいんでしょうか。私は、太ってるからって自分の価値が低いだなんて絶対、思いたくない。やせなくたって、ちゃんと価値がある人間なんだって証明したいんです。世の中に対しても、自分に対してもです」

たまみが吼《ほ》えると、大先生は、「まずは聞きましょうか」という顔になったわ。

たまみは、ダンスへの思いを今こそ大先生に伝えようと思ったの。

「ダンスって、すべてのダンスが、生きるということの表現ですよね。短い命が打ち上げる花火、それがダンスだと思うんです。どんなダンスにも、そこに命の歓びが込められています。生まれてきたことを歓ぶ心が宿ってます。すぐに消えちゃう儚《はかな》い命だけど、それを精一杯輝かせたいって祈りが詰まってます。私はデブとして、デブの人生を歓ぶ踊りが踊りたいんです。デブだって、生きてる歓びを表現したっていいと思うんです。みんなに見せてやりたいんです。デブじゃなきゃこんなパフォーマンスはできないっていう作品を、世の中のみんなに見せたいんです。私は私として、こんなに生きてるんだって、みんなにわかってもらいたいんです」

心に激震が起きていた割に、たまみは立派に言い切ったわ。拓也との仕事で発揮した実力といい、やればデキるデブよね。

大先生は、年老いた惑星が自らの重力で収縮したような小さな顔をうつむけて聞いていたわ。でも、「デブじゃなきゃこんなパフォーマンスはできない」というフレーズを聞いた瞬間、目蓋《まぶた》をカッと開いてたまみを見据えたのね。暗い惑星の2ヶ所が噴火したみたいな目の輝きだったわ。

大先生はたまみの獅子吼《ししく》を聴き終えると、ゆっくりと脚を組み直した。そして、低いしゃがれ声で言ったの。

「……そんな大演説かましたってさ、途中で放り出す奴はいっぱいいるんだよね。あんた、どこまで本気なの？」

そういうことを言われるのは想定内だったわ。自分の本気を伝えるための言葉も、ちゃんと用意してあった。脳内で何度も何度もシミュレーションしてきたのよ。さぁ、言ってやるぞと息を吸い込んだそのとたん、大先生の言葉に口をふさがれたのね。

「舞台はね、厳しいんだよ。どう厳しいのか、あんたにはわからないだろ」

経験がなければ言えないことは、さすがになにも答えられなかった。

大先生は、言葉に詰まるたまみをじっと見つめたわ。脂肪の奥まで見透かすような目だった。

「踊りを見に来るお客をつかまえていくってのは、生やさしいもんじゃない。瞬発力だけじゃ無理。宇宙が認めてくれなきゃダメなんだよ。どんなに体を苛《いじ》めながら稽古《けいこ》して、どんなに何もかも捨てて取り組んで、どんなに泣きながら祈ったって、宇宙はなかなか認めちゃくれないよ。どうにもならないことばっかりだよ。ちっぽけなんだよ、あたしたち。あんたのやろうとしてることはね、いまだかつて誰もやったことがない、誰も見たこともないものでしょ。誰も理解しちゃくれないよ、それをわからせていくんだよ。それがどんなにつらいことか、あんたにわかる？　わかってないよね、たぶん」

　大先生の声にちょっとだけ、しみじみした思いが混ざったわ。無理解と戦い続けた者だけが出す声。ズタズタに傷ついたことがある人だけが作る表情。自分の表現を創りあげる過程の血を吐くような思いが、脂肪をつき抜けて伝わってくる感じがしたの。

　大先生が言った試練をちゃんとイメージすることはできないけれど、自分と共通点がないわけじゃないと、たまみは思ったわ。

　希求。

　それだけしかすがるものがない真っ暗な道を、自分も大先生も歩いてきたんだと思った。誰も道を指し示してくれない、死ぬほど心細いひとり歩き。

　不思議にも、たまみは大先生の言うことにシンパシーを感じたの。自分は、大先生の言葉をちゃんと受け止めていけるって思えた。

「先生」

　たまみは、大先生の目をしっかり見て、静かに言ったわ。

「私は、子どもの頃から地獄のような日々を生きてきました。同じ地獄なら、私はダンスに懸《か》けてみたいです」

するとと大先生は再び、恐ろしい形相でたまみを睨んだわ。そして言ったの。

「通常のダンスクラスには、あんたは入れられない。悪いけどそれだけは諦《あきら》めて」

たまみは失意で顔を伏せてしまったけれど、「ただし！」という次の言葉でハッと顔をあげた。

「あんたが本当に本気なのか、試してみるよ。2ヶ月以内に、あんたと同じぐらいのデブを、あと6人集めなさい。デブが7人集まったら、デブだけのチームを作る。どんなことができるか今の今じゃわからないけど、デブじゃなきゃできないパフォーマンスっていうのがあるのかどうか、7人集まった時点で考えるよ。わかった？」

たまみは泣きそうになりながら大先生にぺこぺこ頭を下げ、ありがとうございます、ありがとうございますと、ダンスクラスの事務員にまでお礼を言って、スタジオを後にしたわ。

「絶対にデブダンサーを6人集めてみせる！」

決意に燃えて、たまみは地響きをたてながら帰路についたの。

3

よく晴れた昼下がりだったわ。

住宅街から国道に出たところにあるスーパーに、巨デブの万希《まき》がやって来た。ジャージの上下を着ていたから、すれ違った人からは悪役女子プロレスラーだと思われただろうけど、これでも1児のママよ。

暑い季節じゃなかったけど、万希は額に汗をかいていたの。「半袖で来ればよかったものをこんな厚手のジャージを着て来るなんて、巨デブにあるまじき失態だったな」と、軽く後悔したわ。でも、野菜売り場の冷気で汗はうまくひっこんでくれたのね。

万希はひょいとカートにカゴを載せると、タマネギとかキャベツとか普段使いの野菜を次々と放り込み、肉、卵、乳製品、冷凍食品と買い物を進めていった。半額シールが貼られたものは決して見逃さずに、でかい体をかがめて逐一チェックしていたわ。

この時間にスーパーに来るお客は専業主婦が多いんだけど、みんな巨デブの万希が何を買うのか、カートの中をちらちら見てきたの。あからさまに、なにを食えばこんな体になるのかしらぐらいの顔になっていたわ。まぁ、そんなのはいつものことなので、万希はこれっぽっちも気にしてなかったんだけどね。だいいち、やっぱ巨デブだな的な大量買いはしてなかったし。

やがてスナック菓子のコーナーにカートを進めた万希は、最下段の棚のお菓子まで、ひとつひとつ丹念に見ていったわ。すると、いままで万希をちらちら見ていた主婦たちは一斉に、「ほうらやっぱりスナック菓子よね」みたいな空気を放ちはじめたの。

巨デブがスナック菓子コーナーに長居することに対して、世間の目は厳しいわ。「どうせ寝っ転がってテレビ見ながらずっと食べ続けてるんでしょ」みたいな憶測にまみれた念波を、知り合いでもなんでもないのに送信してくるのよ。でも万希は、受信したくない念波はブロックすることができるデブなの。平然と新商品コーナーの菓子を手にとったり、棚に戻したりしていたのね。

ふと頭上のミラーに目をやると、いかにも「主婦でおばちゃんです」みたいな初老の女性が、棚の向こうから万希を見ていたわ。うまく化けてるつもりかもしれないけど、万引きGメンよ。

そう、巨デブは疑われるの。過食症の女が食べ物を買う金に困って万引きに走るケースが多いというのは、スーパー従業員の常識だものね。

万希がスーパーに入った瞬間、この化けるのがヘタな保安係は「ジャージのデブをマークします」と、袖に隠した通信機に呟《つぶや》いた。あんたどうせ泥棒でしょぐらいの視線に万希はすぐに気がついたけれど、動じることなく監視の中で買い物を続けていたの。

当然だけど、万希がスナック菓子を物色していたのは盗むためじゃなかった。自分が食べるためですらなかったわ。9歳のひとり息子、進一郎《しんいちろう》のために新製品をチェックしたり体にやさしいお菓子を探したりしていたのね。

それに、万希は確かに体格に見合った大食いだけど、食費に困ることはなかったの。といっても、別にお金がありあまっていたわけではないのよ。

万希は池袋《いけぶくろ》にあるデブ専キャバクラで、本当はもうすぐ30歳だけど24歳だと偽って、キャバ嬢として働いているのね。デブ専のお客はデブのキャバ嬢に、オムライスとかピザとか寿司とか、フォアグラのガチョウですかぐらい食べさせるから、営業中に食べるだけですごい量なのよ。24時間のうち8時間は満腹状態なんじゃないかしら。

万希は神奈川県の山奥の、普通にタヌキが庭先にやってくるような田舎町の出身なの。

スーパーの主婦達の念波や万引きGメンの監視なんか屁《へ》とも思わないぐらいの打たれ強さは、子どもの頃に培われたものよ。

万希は、自分を鉱物だと思うことができたの。

誰かから攻撃を受けたとき、自分を鉱物だとイメージすると、身も心も石のように硬くなって痛みを回避することができるのよ。

小学3年生ぐらいまで、万希は標準的な体型だったわ。

仲良しの子とそのお母さんといっしょに、小田原《おだわら》にあるバレエ教室に通わせてもらっていたのね。普段はわがままを言わない万希だったけど、珍しく親にせがんだの。

バレエに通いたかった本当の動機は、家にいたくなかったからだった。家で行われる母親の不倫を目撃するのが死ぬほどいやで、父親が母の不倫に関する証言を万希に求めてくるのはさらにいやだったからなんだけど、それは誰にも言えなかったわ。

バレエは本当に楽しかった。

バーでストレッチする先生はすごくきれいで、上品で、幸せの象徴みたいに見えたのね。学校はサボりたいってしょっちゅう思ったけど、バレエをサボりたいとは一度も思わなかったの。美しい先生に「とっても上手よ、万希ちゃんはよく練習してくるわね」と褒《ほ》められると、天にも昇るガッツポーズをしたくなった。

バレエのあとは猛烈におなかがすいたんだけど、家に帰ってもたいてい誰もいなかった。母親がどこに行っているかうすうす感づいてはいたんだけど、万希は鈍くさいふりをしてやり過ごしたわ。鍋物の残りとか揚げ物のあまりとかを、いつも勝手に見つけて爆食していたの。

バレエは大好きだったけど、2年ぐらいしか通えなかった。あまりにも急に、万希は先生に褒められなくなったのね。爆食によって太ってきていたから、早々に才能ナシと思われたのかもしれなかったわ。仲良しの子は褒められるのに、先生は万希のことはどうでもいいみたいな空気を出してきた。それがけっこう、露骨だったのよ。

憧《あこが》れだった先生に冷たくされるのに耐えられなくなって、万希はバレエ教室をやめてしまったの。仲良しの子とも、それで疎遠になったのね。それでも爆食のクセは抜けなくて、小学5年生のおわり頃にはけっこうなデブになってたのよ。

肥満児になってからの万希は、学校で苛烈《かれつ》ないじめを受けるようになったわ。

耐えがたい痛みを心身に受ける日々の中で万希は、自分を鉱物だと思い込むメソッドを獲得したの。

蹴《け》られようとぞうきんを投げつけられようと、心と体を硬くすることによって痛みから逃れられたわ。ランドセルの中身をブチまけられようと、粛々《しゅくしゅく》と拾って帰ることができた。ノートや教科書にブタ死ねと書かれても、黙って使い続けることができたのね。そんな万希をなんとか泣かそうとして、いじめはエスカレートしたんだけど、最終的に万希の石の心が勝利したの。徹底的な無反応を通した万希は、ついには放っておかれるようになったのよ。石の心には、孤独の痛みも入り込めなかった。万希は寂しいとも思わなかったの。誰も万希の心に影響を与えることはできないと、教師を含めた誰もがそう思っていたのよ。

やがて万希は、中学生の頃に大デブになり、商業高校に通ってる間に巨デブになった。その頃にはもう、石の心がデフォルトになっていて、表情もない女になっていたのね。

地元の工場に勤めはじめた万希は、工場に資材を運んでくる12歳年上のトラックの運転手に声をかけられ、デートしたの。デートなんてしたところで、万希はものすごくリアクションが薄い女だったから、楽しい雰囲気は醸し出されなかったんだけどね。リアクションが薄いまま万希はデブ専のトラック運転手を受け入れて、そして妊娠したわけなの。

19歳の万希が妊娠したことを両親に告げたら、父親は怒り狂って万希に出て行けと言ったわ。俺の娘でいたいなら子どもなんか堕《お》ろしてしまえと怒鳴ったの。

「こんなデブで醜い女を好きになる男はいない、穴がありゃなんでもいいと思ってヤッたんだろ。そんな男の子どもを産むのかお前は」ひどい言葉を、父親は万希に叩きつけたのね。

石の心を持つ女は、傷ついたりはしなかった。でも、子どもには罪はないと思ったのよ。

この子を産みたいと思った万希は、静かに家を出たの。父親は万希の背中に向かって「飢え死にしたってうちには帰ってくるな」と言ったわ。

1LDKのアパートで旦那と暮らしはじめて、20歳そこそこで長男の進一郎を産んだ万希だったんだけど、進一郎が生まれてすぐぐらいから旦那の暴力が始まったの。平手打ちとかでも充分キツイのにそんなレベルじゃなくて、物を使って殴ってくるような、ちょっと凄惨《せいさん》な感じだったのね。

でも、万希の打たれ強さは半端じゃなかったわ。駆け落ち同然で家を出てしまったから帰るところなんかないし、旦那には万希のカロリー摂取を賄《まかな》えるぐらいの収入があったので、自分さえ暴力に耐えればこのまま生きていけると思ってたの。

ところが、そんな万希が、心にため込んでいた溶岩を噴出させる事態になったのよ。旦那が、まだ3歳の息子にも暴力をふるうようになったのね。もともと旦那はキレると見境がなくなるほうなんだけど、進一郎のいたずらに突然キレるようになったの。火がついたように泣く進一郎を見て、万希は生まれて初めて自分の生き方を顧みたわ。

ああ、私さえ我慢すればいいと思ってやり過ごしてきたのは間違いだったんだ。問題の解決を先延ばしにしてきたせいで、この子がそのツケを払う羽目になってしまったんだ。

そう思った万希は、自分の怒りを解放することにしたのね。

万希は拳《こぶし》を握ると、旦那の喉笛《のどぶえ》に強烈なラリアートを見舞ったの。細く小柄な旦那は、台風の日のビニール傘みたいに吹き飛んだわ。その上にまたがって鼻を数発殴ると、旦那は鼻血を流しながら白目をむいてぐったりした。鉱物が熱を持つとどんなにおそろしいものになるか、旦那だけが知ることになったのね。万希は静かに荷物をまとめてアパートを出たわ。

住み慣れた街から遠く離れていく小田急《おだきゅう》線の中で、万希は脳内のＯＳがアップデートされていくみたいな感覚を味わった。

怒りや喜びや悲しみといった感情を感知してちゃんと表に出す機能だったり、大事な物を守るためになにをすればいいのか素早く見つけ出す機能だったり、いままでなかった機能がインストールされたみたいな気がしたの。子どもを連れて家を出た崖《がけ》っぷち感がそうさせたに違いないと思ったわ。

「これからは心を硬くしたりやわらかくしたりを自在にコントロールできるようにならなければならない」万希は多摩川《たまがわ》の鉄橋を通り過ぎるあたりで強く思ったの。

旦那からは、行かないでくれと追いすがるようなメールや、ぶっ殺すと脅すようなメッセージが何通も送信されてきた。ＤＶ男の典型よね。万希は、旦那から巨大な身を隠して暮らさねばならなくなったのよ。

着の身着のままレベルで家を出てきて、ビジネスホテルに泊まりながら西武《せいぶ》線沿線の郊外住宅地にアパートを借りるまででも相当な苦労だったわ。さらに、未就学児童を抱えたシングルマザーの巨デブに職を与えてくれるところなんて全然なかったの。本格的に仕事を探すんだったら、子どもを預けるところを見つけなくちゃならないわよね。でも、無認可の保育所さえ待機児童がずらっと順番待ちしていて、しかも親に仕事がないと子どもを預かってもらえないということだったの。ますます仕事なんか探せないのよ。

いまさら実家に泣きつくわけにもいかなかったわ。あの家族が自分と進一郎を寛容に受け入れてくれるとは、とてもとても思えなかった。でも、こんな巨デブじゃ風俗だって雇ってくれないわよね。万希は途方に暮れながら、池袋の街を歩いていたの。

偶然にもデブ専キャバクラ「Jカップクラブ池袋店」の看板の前を通りかかったとき、奇跡が起きたとしか思えなかったわ。看板の隅にコンパニオン募集と書かれた文字を見て、万希は自分が石の女だった事も忘れて泣きながら五体投地《ごたいとうち》をしそうだった。

さっそく面接に行って身の上を話したら、週払いでお給料をあげようと店長が言ってくれたの。しかもよ、働いている間キャバ嬢の子どもを預かる仕事をしている人も紹介してくれたのよ。子どもが大好きで、保育士の資格を持っている専業主婦たちなの。子どもをネグレクトから守るための、有償ボランティアの人たちなのね。

万希は夜のあいだ子どもを預け、慣れない水商売を必死で頑張ったわ。

水割りの作り方も知らなかったし、石の女歴が長すぎて上手な会話もできなかった。でも、万希には強力な武器があったの。黙々と食べ続けることだけは誰にも負けなかった。デブ専のお客は食いっぷりのいいデブが大好きでしょ、それだけでけっこう人気の高いデブ嬢になれたのよ。

さらに万希は努力を惜しまなかったわ。雑談力みたいな本を読んで勉強したり、話し方講習会みたいなものにも通ったりして、少しずつ会話の技術を習得していったのね。店長も万希をかわいがったわ。高熱が出ても休まない女だったからね。

こうして万希は、自分の居場所をつかみとっていったのよ。

進一郎を預かってくれる預かり手さんは万希よりだいぶ年上の理解のある女性で、社会人と大学生の2人の男の子がいる大ベテランなの。万希がシングルマザーとなった事情をよくわかってくれてたわ。

子どもの具合が悪くても「お店は休まなくて大丈夫よ」と言い、ちゃんと看病してくれたのね。進一郎が小学3年生になった今でも、「小学生の間は、夜はうちにいらっしゃい」と言ってくれていて、進一郎は夕方になると自転車で預かり手さんの家に行って、ごはんを食べさせてもらってるの。預かり手さんのご主人も進一郎をかわいがってくれて、いっしょにバドミントンをやったりゲームをしたりお風呂に入ったりもしてくれてるのよ。

進一郎は預かり手さんの家で寝たとしても、朝には必ず帰ってくるの。万希が進一郎の朝ごはんを作るからよ。どんなに飲み過ぎた日でも、くたくたに疲れていても、万希にとって朝食作りが最優先事項だったわ。進一郎は毎日、万希の作ったごはんを食べてから学校に行くの。

万希が家を出てから3年後、進一郎が小学生になった年に、旦那はやっと離婚に応じたわ。念願が叶《かな》って、身軽にはなった。でも、旦那は養育費をきちんと送金してくるような男じゃなかったの。

進一郎が大学を卒業するまで12年。そんなに長い間、キャバ嬢でいられるはずがない。卒キャバしなければならなくなるのは何歳なんだろう。そのとき、こんな巨デブを雇ってくれるところがあるだろうか。

不安は尽きないわ。せっせと貯金はしているけれど、子どもが成長するにつれ、貯金できる額は減っていくわよね。進一郎に苦労を背負わせるのではないかと思うと、万希は自分が歯がゆくて、情けなくてしかたがなくなるの。

万希はめったに泣き言を言わない女だけど、一度だけ店長にこぼしたことがあったわ。

「あたしは、後悔してないよ。誰かに指図されてこうなったわけじゃない、あたしが自分でしたことの結果なんだからさ。でも、やっぱり弱気になっちゃうことはあるよ。生きることって、なんなんだろうって思っちゃう。勝てないゲームをやらされているだけなんじゃないかって。いつか負けるとわかってて、しょぼい持ち札を眺《なが》めてるしかないのかなってさ」

スナック菓子売り場に飛び交うカミソリみたいな視線の中、鉱物と化した万希は、チクリほどの痛みも感じることなく、時間をかけてなにを買うか決めたわ。進一郎が大好きなチョコバナナポッキーをカートのカゴに入れて颯爽《さっそう》とレジに向かい、買った物をぜんぶリサイクル資源で作られたエコバッグに詰めた。泥棒どころか地球にやさしい巨デブを追跡してしまった万引きGメンの胸中に思いをはせ、万希はちょっとだけ口角を上げて微笑んだわ。

スーパーを出ると、隣にはけっこう大型のドラッグストアがあるのね。

万希は、しばらく前に進一郎とここに来たときのことを思い出した。

店の前に女ばかりの大行列ができていて、なにごとかと思ったら、最近話題になっている「やせる石鹸《せっけん》」の販売整理券を持っている人達の列だったのね。

「本当にやせるの？」進一郎は万希を見上げて、そう聞いてきたわ。

「どうだろうね」万希はニガ笑いして答えた。

進一郎はしばらく行列を眺めていたけど、不意に万希に言ったの。

「1個買ってあげようか」

万希は声を出して笑ったわ。

「お母さん、やせちゃったら店をクビになっちゃうよ」

進一郎は、笑わなかった。

万希はこのとき、息子がやせる石鹸を買ってあげようかと言ったことの意味がわかっていなかったわ。あとで知ることになるの。人生の崖っぷちに再び立たされていることを。

4

6人のデブダンサーを、どうやって集めるか。

たまみはもっぱら、そればかり考えていたわ。意気揚々と大先生のスタジオを後にしたまではよかったんだけど、メンバー集めがものすごく困難な課題であることにわりと早く気づいたの。

「デブなんて、そのへんに肉でも置いときゃ寄ってくるんじゃねぇのか」と言った板長が、女将さんに叱られてた。

実際にどうやってメンバーを獲得したらいいのか、翌日になっても翌週になっても、たまみにはまったく見当もつかなかったの。「ネットを利用するべきなんだろうな」くらいの、無能な窓際族が誰でもわかってることをニヤついて提案するレベルのアイデアしか思い浮かばなくて、自分にイライラするばかりだったわ。

Ｗｅｂサイトを作ったところで、成果なんか得られないだろうってことはわかっていたの。だって、ぼんやり見てれば次々と情報を送り込んでくるテレビと違って、ネットはユーザーが能動的にサイトに訪ねてきてくれなきゃいけないわけでしょ。広告を出して人目を引こうにもお金がかかるし、たまみが出せる範囲のお金を払ったところで、首尾よく巨デブのダンサー志望者が6人も集まるとは思えなかったわ。

途方に暮れて、図書館で効果的な人材募集の方法について書かれた本を読みあさったりもしてみたのね。あるビジネス書には、ほしい人材の条件を箇条書きに書き出してみろとあったので、やってみたの。

・巨デブである。

・やせるよりデブとしてのプライドを持ちたい。

・ダンスが好き、できれば経験者。
・厳しいレッスンにへこたれない根性がある。
・週に何度か東京のスタジオに通える。
「箇条書きにしたリストをチェックしてみてください。ハードルが高くなっていませんか」と、その本には書かれていたわ。

「高くなってますよ、しょうがないじゃない！」たまみは図書館の静寂の中で叫びそうになった。まぁ、叫んだってこの体重なら、つまみ出される心配はないんだけどね。

「メンバー募集専用のSNSは？　バンドとか劇団とか、そういうのやってる連中が使ってるんだけど、見てみたら？」若い板前さんが、そう教えてくれたのね。早速見てみたんだけど、こんなところで募集したところでメンバーが見つかるとは思えなかったわ。自分の巨体にコンプレックスを抱く巨デブが、メンバー募集みたいなものに興味を持つこと自体、希有《けう》なことなの。よっぽどの才能や実力があるデブじゃない限り、尻込《しりご》みしてこんなSNSには近づかないのよ。さらに、才能や実力のあるデブは、こんな素人上等のメンバー募集になんか見向きもしないはずよ。巨デブへのアプローチは絶望的だと思えたわ。

デブが集まる場所って、どんなところなんだろう。

必死で考えたけど、よき子が通ってたダイエットクリニックとか、ダイエットエクササイズのクラスとかしか思いつかなかったの。でも、そんなところに来るデブは一人残らずやせたいデブなはずで、そもそも論外なのよね。

撃沈の予感が暗雲となって、心に影を落としはじめたわ。

そんな、ある日のことよ。

目まぐるしいランチタイムの仕事を終えたたまみが、休憩に入ろうとしたときのことだったわ。引き戸の内側にしまった暖簾《のれん》をくぐって、辻堂拓也が入ってきたのよ。

なにしに来たんだろう。

たまみは動揺したんだけど、女将さんと最古参の仲居さんが大はしゃぎで歓迎してしまって、拓也がなにをしに来たのかなんてどうでもいい空気にされちゃったのね。和食店一同の意識が、たまみと拓也にぎゅっと集中したわ。

「たまみちゃん」

拓也はそう言って、白い歯を見せた。ひさしぶりの、あの笑顔。心の扉をいくら固く閉ざしても、するっと入ってきちゃうような、あの笑顔。

「よかったら、お茶飲みに行きませんか」

拓也がそう言うと、たまみじゃなくて女将さんが「はいッ」と、カン高い声で返事をしたの。

「なんで女将さんが返事するんですか」って、最古参の仲居がつっこんだわ。「緊張に耐えられなくなっちゃった」女将さんがそう言うと、女将さんと仲居さんは抱き合うようにして笑った。たまみは永久凍土のマンモスみたいに固まったわ。

こんなにアットホームな空気にされちゃ、断れないじゃない。それでなくともデブダンサー集めでいっぱいいっぱいなのに、なんちうことをしてくれるのかと思ったのね。

なぜ拓也が突然アポなしで訪ねてきたのか、たまみにはわからなかったわ。ひょっとしたら、店の人たちの「お前らくっつけ」圧力を利用して、たまみにNOと言わせない拓也の戦略だったのかもしれなかったんだけど、そんな深読みは無理だったのよ。

近くにある和菓子屋の2階が喫茶室になっていて、そこでふたりはおいしい和菓子と抹茶をいただいたの。

最近忙しいのかとか、体の調子はどうだとか、そんな当たり障りのないことから話しはじめたのね。お互い、相手の表情から注意深く探ろうとしたのよ。今ここで話せることはなんなのか、話せないことはなんなのか。

表情のスキャニングをいったん終えて、拓也はとうとう本題を切り出してきた。

「たまみちゃんとあんまり会わないようになってから、1年とちょっと経つよね」

拓也は、まっすぐにたまみを見て言ったわ。

「僕の気持ちは変わってないんだけど、たまみちゃんはどうなのかなと思って、それを知りたかったんだよね」

たまみは、申し訳ない気持ちでいっぱいになったの。

「こんなに誠実な人が自分を求めてくれているのに、ぜんぜん期待に応《こた》えてあげられてない」

なんだか拓也の前にすわっていると、ダンスのこともなにもかもどうでもよくなってきそうだったわ。でも、それじゃダメなんだと思った。必死に自分を戒めたの。

それにしても、辻堂さんの顔を見ただけで泣きそうになるのはどうしてなんだろう。

そう思うと目のまわりが熱くなってきちゃったけど、泣くなんてもってのほかだった。

たまみは、顔を上げて言ったわ。

「私もずっと辻堂さんのことを、本当にずっと考えてました。会えなくて、つらくて、ぜんぜん前に進めないって思ったときもあったんです。そんな自分を変えたくて、変わりたくて、ダイエットしようかとも考えたの。でも今はもう、やせたいとは思ってないんです。変わりたい、だけど、やせたいんじゃないんです。世の中を変えちゃうような自分に変わりたいんです。太ってるだけで人としての価値が低いみたいに思われる、そんな世の中を変えちゃいたいんです」

拓也は、目を大きく見開いて話を聞いていたわ。

「どうしたらいいかは、まだ全然わかってないの。でも、挑戦してみたいことがあって」

自分の信念を人に話すのには慣れが必要だけど、たまみはまだぜんぜん慣れてなくて、ちょっと震えてた。

「それはね、意外かもしれないんだけど、ダンスなんです。デブにしかできないパフォーマンスを、世間の人達に見せつけてやりたいと思って。生き生きしてて、喜びに溢れてるようなやつを。デブだからってみんながコンプレックスに苛《さいな》まれることはないって、デブにもデブじゃない人にもわかってもらいたいの。デブにも自分を好きになってほしいし、私も自分を好きになりたい。その先のことは、それが叶ってから考えようかなって」

たまみは、怖かったわ。またしても拓也をがっかりさせることを言わなければならなかったからよ。本格的に拓也が去って行くかもしれないと思うと、気を持たせて先延ばしにするような小ずるい計算をしそうになるの。でも、そんな女にはなりたくなかった。相手のことを全く考えないような、母のような女とは違うんだって、自分を信じたかったのね。

「デブを7人集められたら、彩香ちゃんが通ってたダンスクラスの一流の先生が、デブだけのダンスチームを作ってくれるって言ってるんですね。ダンスも教えてくれるし、振りつけも考えてくれるって。こんなチャンス、二度とないでしょ。でも今、メンバーをどうやって集めたらいいか全然わからなくて、私、いっぱいいっぱいなんです。こんな状況だから、たぶん、いま辻堂さんとおつきあいしても、放ったらかしてしまうんじゃないかと思うんですね。つきあっておきながら、そんなひどいことしたくないし」

拓也はじっとたまみの話を聞いていたんだけど、なんだか顔つきがどんどん険しく怖くなっていったわ。10時10分の眉の間に、思いっきり縦じわが入っていったのね。たまみは、さすがの拓也もついに噴火するんだと思ったの。

「なんでなんだよ」拓也が、初めて聞くような声でそう言ったわ。

たまみは、溶岩を噴き出す火山口をこの手のひらで押さえなきゃぐらいの気持ちになった。

「あ、あの、だからね、デブを嗤うような世の中を変えなくちゃならないって……」たまみが再び口を開くと、拓也はそれを遮《さえぎ》った。

「そこじゃない」

「ああ、ダンスって確かに突飛ですよね、でも私、なんだかひらめいちゃっ……」

「そこでもない！」拓也は声を荒らげたわ。

たまみの声もつられて大きくなった。

「じゃ、どこなんですか！」

和菓子屋のおばちゃんが、怪訝《けげん》な顔でカウンター越しにのぞき込んできたわ。

「どうしてそういうことを、オレに相談してくれないんだよ」拓也は、そう言ったの。


辻堂拓也は、たまみに会えないこの1年の間、デブ専についてずっと思いをめぐらしていたのね。

アメリカ東海岸の都市を転々としながら拓也は育った。いちばん長く暮らしたのは、ワシントンD.C.とニューヨークの間にあるボルチモアという港町だったわ。ボルチモアでは成人女性の6割近くが肥満体で、たまみぐらいに太った女性はザラにいたのね。当然、たまみぐらい太った女性を妻に持つ男性だって大勢いたのよ。

結婚してから奥さんが太ったというケースもあったし、女性が太っていようがやせていようがそんなことは大きな問題じゃないと夫が思っているケースもあったわ。そして拓也のように、むしろ太っているぐらいの女性が好きで太った女性と結婚したケースだってあったのね。太った女性の花嫁姿なんて、日曜の教会に行けば普通に見られたわ。

ボルチモアの男性の多くが太った女性と性的な関係を結んでいるわけでしょ。だけど、彼らがデブ専と呼ばれてるかっていえば、そんなことは全然ないわけよ。

たしかに、太っている自分を受け入れられなくて苦しむ女性はボルチモアにもいた。でも、たまみみたいな自己否定はしていなかったように思えたのね。たまみを上回る巨デブだって、みんなパンパンなボディラインむき出しのスタイルでモールにやって来るんだもの。

それにひきかえ、日本では平均より細い体型じゃないからといって自分を責めまくる人がうじゃうじゃいるわ。自分を責めてなさそうなデブがいれば、どこからか矢が飛んでくる。世間全体でデブを責めてるってことよね。日本はそんな空気に満ち満ちてるじゃない。拓也は、たまみとふたりで海外に移住したいと考えていたの。アメリカでもカナダでもヨーロッパでもいい、日本と違ったデブ環境の国で、たまみに自分自身を再認識してほしいと思っていたのね。

日本のデブ専についても、拓也は改めて調べてみたわ。

ネットを見てみても、なんだか日本ではデブ専は変態扱いされていて、拓也にとっては理解しがたいものだったのね。おおっぴらには言えない変態性欲のひとつみたいに言われてるし、デブの女とつきあってるなんて誰にも知られちゃいけないみたいに思っている人がいっぱいいたわ。それも不思議だったの。

でも拓也は、理解できなさそうなものにどんどん興味をおぼえる特性があったでしょ。

デブ専ブログをやっているデブ専たちと、積極的にコミュニケーションをとっていったのね。いつの間にか、ちょっとしたネットワークを持つようになっていたの。何人かのデブ専を集めてオフ会をしたこともあったのよ。

たまみがデブのダンサー確保に苦戦していると聞いたとき拓也は、この1年がムダにならなくてよかったと思ったわ。だって、力になれるんだもの。デブ専ネットワークの人々に相談すれば、きっと答えが見つかるはずだと拓也は思ったのよ。

5

テレビの液晶ディスプレイの中で、ミニスカートをはいた十数人のアイドルたちが軽快に踊っていたわ。その前で巨体の万希が、窓ガラスをガタガタ揺らしながら、テレビの中のアイドルたちと同じ振りつけを踊っていたの。

万希はアイドルたちのダンスをおぼえている最中だったのね。レコーダーを何度も再生しては止め、同じフレーズを繰り返してた。近寄ったら危険よね。丸太ん棒がけっこうなスピードでブンブン振り回されてるようなものだもの。万希がステップを踏むたびに、おんぼろアパートの床が悲鳴を上げたわ。だけど万希の住まいは1階だから、床を破壊してしまっても大けがはしないわね。

万希がアイドルの振りつけをおぼえようとしていたのには、理由があったの。万希が勤めるデブ専キャバクラにはショータイムがあって、デブ嬢たちがアイドルのダンスをカバーして踊るのよ。人数はアイドルグループの半分未満ぐらいだけど、合計体重は上回ってると思われたわ。踊るデブが見たいデブ専客は、そこそこ高いレベルのダンスを期待して来るの。振りつけをちゃんと覚えてないと、店長にけっこう真剣に怒られるのよ。

万希より8歳年下で沖縄出身のデブ嬢ミユは、万希の踊りをいつも褒めてくれてたわ。「万希さんはさぁ、宝塚《たからづか》に入ればよかったのさぁ」沖縄訛《なま》りで何度もそう言ってくれた。あんまり言ってくれるので、「あたしが入ったら清く正しく美しくじゃなくて、太く大きく逞《たくま》しくになっちゃうよ」と、同じ返事しかしなくなってたのね。

リモコンを片手にざっくりと振りつけを覚えた万希は、曲のアタマから通して踊ってみた。

昔バレエをやっていたのが関係あるのかどうかわからないけれど、わりとちゃんと踊れてたわ。

「よしっ」万希は汗を拭《ふ》きながら頷《うなず》いて、ちょっとだけ微笑んだの。やっぱり万希は、今でも踊ることが好きなのね。

鏡を見ながら振りつけのおさらいをすると、万希はせまいキッチンに行って冷蔵庫を開け、朝ごはんのときに息子の進一郎が残していった筑前煮《ちくぜんに》の鶏肉を一口食べた。

最近、進一郎は朝ごはんを残すようになってしまったの。

「こんなにおいしく作れたのにさ」と、万希はつぶやいたわ。

もう進一郎はとっくに学校から帰ってきていたんだけど、ランドセルを置くやいなや「遊びに行ってその足で預かり手さんのところへ行く」と言い、ろくすっぽ話もしないまま出て行ってしまったの。「車に気をつけなよ」と声をかけた万希に、返事もしてくれなかった。なんだか切なかったけど、そろそろ店に出勤する時間だったので、気にしてはいられなかったわ。

万希はダイニングセットにすわると、化粧ポーチを開けて下地とファンデーションだけを取りだした。家で本格的にメイクしちゃうと、出勤途中で汗をかいておそろしい顔で店に出ることになるから、家ではいつもベースメイクしかやらないの。でかいサングラスをかけて行って、仕上げは店でするのね。もちろん普通サイズのサングラスじゃないわ。普通のサイズじゃ小さすぎて、万希の巨顔に跡がついちゃうの。店のお客さんの中に万希の熱烈なファンがいて、その人が特大サイズのサングラスをプレゼントしてくれたのよ。

化粧品をしまって着替え、万希はサングラスをかけようとしていたわ。もう、あと1分で家を出るというところだった。まさか1分後に心臓を串刺《くしざ》しにされたみたいな気持ちになるなんて、これっぽっちも予想できなかったのね。

バッグの中で、携帯電話が振動し始めたの。

取りだして画面を見ると、進一郎の預かり手さんからの電話だった。

「あのね、進一郎くんのことで、ちょっとお話ししていいですか」預かり手さんは真剣な声で、万希にそう言ったの。万希は一瞬にして胸の中が不安でいっぱいになったわ。緊張で顎が震えるのをおさえながら、「はい」と返事をしたのね。

最近のひとり息子の変化に、万希は戸惑っていたの。

「ブタ」とか「死ね」とか、そういう言葉を万希に投げつけてくるようになってきたのね。万希の放牧場みたいな広大な背中に蹴りを入れてくることもあるのよ。

万希は石の女歴が長いデブなので、そんなの痛くも痒《かゆ》くもないことなんだけど、それまで万希にべったりだった進一郎が急に変わったので、それがどういうことなのかわからなかったわ。

万希は、男の子の発育過程にぜんぜん詳しくないの。9歳といえばやんちゃ盛りと聞いてはいたものの、これが自然なことなのか、逆に注意すべき悪い兆しなのか、考えてもわからなかった。

携帯電話からネットにアクセスして参考にできる記事を探してみたけど、「大丈夫です」っていうのもあるし、「やばいです」的なものもあって、読むたびに気持ちが揺れるだけだった。ぜんぜん解決にならなかったのね。

しばらく前、「お宅にお邪魔しているときはどんな様子でしょうか」と聞いてみたら、「うちでは普段と変わりませんよ」と、預かり手さんは言ったわ。そして、「これから注意して見てみるわね、なにかあったら報告するわ」とも言ってくれてたのね。

万希は働いてるシングルマザーだし、ましてや水商売だし、進一郎にかまける時間が少ないのは仕方がないわ。でも、万希のこれまでの人生で真剣に取り組んだことといえば、進一郎を育てること以外はなにひとつなかった。Jカップクラブで働いているのだって、進一郎を食べさせていくためよ。進一郎の朝ごはんを作る時間が一日のうちで最も真剣な時間だし、進一郎と過ごす朝食のひとときだけがささやかな幸福なの。進一郎を育てること、それは唯一、これだけは失敗するわけにはいかない大プロジェクトだったのよ。

万希はここのところ毎日、進一郎の変化がはじまった頃の記憶を必死に掘り起こしてたわ。記憶力はいいほうじゃないんだけどね。

なんとなく雰囲気が変わってきたなと思ったのは、3ヶ月か4ヶ月か5ヶ月ぐらい前だった気がする。それ以上前からではないことは確かだと思った。

いくら鈍いあたしだって、こんな狭くておんぼろな1DKのアパートで毎日顔を合わせるんだから、なんの変化にも気づかないってことはないよね。

ここしばらくの間になにがあったのか、万希は思い出してみたわ。

5ヶ月前には、授業参観があった。

3年生になってはじめての授業参観で、いつもの万希は進一郎が登校したあとにひと眠りするんだけど、その日は寝ないでXがいくつか並ぶサイズのスーツを着て行ったのね。

教室に入ると、進一郎は前から3番目の席にすわっていて、1度だけ振り向いて万希を見たわ。進一郎以外の児童は、1度ならず2度も3度も振り返って万希を見たの。巨デブの万希について、ヒソヒソしゃべったりクスクス笑ったりしていたのね。

小学生の頃に自分をいじめていたクラスメイトのことを、万希は少しだけ思い出したわ。似たような顔つきの子っているもんだなぁと、ぼんやりそう思った。でもまぁ、万希にとってそんな空気と学校という場所はワンセットだったし、心を石にすれば傷つくこともなかったわ。相手は子どもなんだしね。

授業参観は滞りなく終わって、しばらくは進一郎の様子も別に変わってないように思えたの。

数日後、朝ごはんを食べてるときに、授業参観の話題になったのね。

「ねぇ、進ちゃん。お母さんさ、あの日ベージュのスーツ着てたでしょ。あんな色の服着てたお母さん、他にいなかったね。やっぱ、紺も買わなきゃだめかな」

進一郎はその日、なんだか不機嫌だったの。

「何色着てたって、お母さん目立つじゃん」

そう言われて万希は笑ったんだけど、進一郎は笑ってなかったわ。

「もう、お母さんは学校来なくていいよ」

進一郎がそう言うので、万希の笑いも止まった。

「じゃあ、運動会にも行かなくていいのかよ」

進一郎は、黙ったまま返事をしなかったわ。

「弁当はどうすんの、そぼろとコーンのおにぎり食えないよ」

万希がそう言うと、進一郎は「もう行くね」と言って、風のようにアパートを飛び出して行ったのね。

「これが噂の乳離れってやつか、男の子は急に来るって言うからなぁ」と、万希は思ったりしたの。

それから数週間後の日曜日のことだったわ。

ふたりでスーパーに買い物に行ったときに、ドラッグストアの行列を見た進一郎はやせる石鹸を「買ってあげようか」と言ってきた。

「お母さん、やせちゃったら店をクビになっちゃうよ」と万希は笑ったけど、そのときも進一郎は笑ってなかったのね。

「お母さんがデブだから、あんたもごはんが食べられるんだよ」と言えばなにかリアクションがあるかなと思ったんだけど、草一本生えない感じの無反応だったわ。

家に帰ってから万希が踊りの練習をはじめると、いやなものを見たような顔をして児童館に行ってしまった。「昔はキャッキャ喜んで見てくれてたし、いっしょに踊ってくれることもあったんだけどなぁ」と、万希はそのとき思ったの。

さらに2ヶ月後には、進一郎は明らかに変化していたわ。

まず、万希とあまり話さなくなった。学校で起きたこととか、以前はうるさいぐらい万希に話す子だったのに、万希がなにか聞いてもぶんむくれたみたいな顔をして黙りこむようになったのね。それだけならまだしも、万希の財布からお金を抜くようにもなったの。

万希が問い詰めると、「うるせぇブタ」と言ってきた。

それから進一郎はどんどん、ちょっとしたことでもキレて万希を罵《ののし》るようになっていったわ。父親のDV夫を思い出してしまうこともあったぐらいよ。ちゃんと話し合わなければと思ったんだけど、進一郎は万希と話したがらなかったの。

「なにが起きているんだろう、なにがいけなかったんだろう」万希は悩んだわ。

そんな経緯があって、預かり手さんから「進一郎くんのことで話がある」とか電話で言われちゃったものだから、もう万希は店どころじゃなくなってしまったのね。

「なにか、ありましたでしょうか」緊張して、うまく声が出なかった。

預かり手さんの話では、進一郎が最近、預かり手さんにお金をくれと言ってきたみたいなの。預かり手さんはお年玉以外に進一郎に現金をあげたことはなかったし、進一郎がそんなことを言ったのも初めてだったので「なにに使うの？」と、とりあえず訊《き》いてみたそうなのね。進一郎は「やっぱりいいです」と言って答えなかったと、預かり手さんは言ったわ。

そのあと、預かり手さんの夫がいっしょにお風呂に入ったんだけど、進一郎の体にひっかき傷やアザを見つけたそうなの。どうしたんだと訊いても「覚えてない」って言うだけだったらしいのよ。心配になった預かり手さんは、ねばって話を聞き出してくれたの。

預かり手さんが心配したとおり、進一郎は学校でいじめを受けていたのよ。

それを知らされた万希は、やっぱり心臓って左胸にあるんだなと改めて思ったぐらいの動悸《どうき》がしたわ。

いじめの発端は、進一郎が「ブタの子ども」と言われだしたことらしかったの。

万希はリアルに目の前が暗くなって、天井がまわりはじめてしまった。床の上に立っているという感覚も失ったわ。進一郎がやせる石鹸を「買ってあげようか」と言ったのは、万希にやせてほしかったからなのだと瞬時にわかったのね。

預かり手さんは、「お金を欲しがったということは、金品を奪われている可能性が高いから、早く学校に相談して」と言ったわ。万希は気が動転してしまって、出勤前なのに電話を切ることができなかったの。いま切ったら、錯乱して叫びが止まらなくなって機動隊に麻酔銃を撃ちこまれそうだった。

「どうしてあたしには言ってくれなかったんだろ」

「そりゃ、お母さんを傷つけたくないからよ」

「でも最近、あたしにブタとか言ってくるんですよ」

「ストレスで自分をコントロールできない時があるのよ」

預かり手さんは、努めて冷静に言ってくれていたわ。

ようやく電話を切ったあと、万希は泣き崩れてしまったの。

万希の脳内に、担任の教師が「特にいじめはありません」と無責任に言い放つイメージが立ち上がって、増幅しながらぐるぐる回った。何年ぶりかで、石の女の奥深くに秘められた溶岩が噴出しそうだった。でも今回は、ラリアートをブチ込みたい相手は、自分自身だったのね。

「あたしのせいで、進一郎はいじめられてる。あたしのせいで。あたしのせいで」

万希は子どもの頃に、肥満児になったことが原因で苛烈ないじめを受けていたでしょ。なのに、太っていることに関してはあまり問題意識を感じてこなかったのね。いじめられたって鉱物になれれば別に平気だしって。

でも、心をいくら硬くできたって、子どもがいじめられたら、こんなにも痛い。こんなにもつらい。

「あたしが自分がデブだという問題と向き合わずに放置してたから、進一郎がそのツケを払わされてるんだ。全部あたしが悪いんだ」

神様は、やってない宿題は必ずやらせるんだと、万希は思ったの。

最大の泣き所をちゃんと知っていて、そこに強烈な痛みを与え、宿題をやらずにいたことを泣いて後悔させるんだって。

でも、今のこの暮らしも、細々と積み立ててる進一郎の学資も、Ｊカップクラブの収入があってこそ成り立っているものよ。やせるわけにはいかないわ。

「どうしろってんだよ」

とにかく今日は馴染《なじ》みのお客が来ることがわかってるし、店に行かないわけにはいかない。泣き腫《は》らした目を冷やしてから、万希はアパートを出たわ。

抱えた試練の重みで、体重が2倍になったような気持ちだった。

そんな万希が店に着くと、沖縄出身のデブ嬢ミユがドスドスとブルドーザーのように駆け寄ってきたわ。

「万希さん、ちょっとちょっと、すごい話があるのさぁ！」と、勘弁してくれよぐらいのハイテンションで話しかけてきた。耳元でエイサー太鼓を打ち鳴らされてるような気がしたわ。

「ミユ、悪いけどそのキンキン声、やめてくれる？　あたし今日、頭痛いんだよ」

万希はこめかみに手を当てて、頭痛の演技をしたの。けっこういい演技だったけど、ミユはぜんぜん見てなかったし、聞いてなかった。

「万希さぁん、あたしたちさぁ、一流の先生に本格的にダンスを習うのさぁ！」

万希の体にぽんぽん触りながら、ミユは目を輝かせてそう言ったの。

6

日曜の夜のオフィス街は、人通りがほとんどなかったわ。

まばらにしかお客がいない居酒屋に、3人の男性が連れ立って入ってきた。きょろきょろと客席を見渡して、先に来て待っていた拓也とたまみを見つけると、笑顔になって手を上げて、ふたりの席まで早足で来たの。

「はじめまして、細川たまみと申します。今日はお忙しい中、本当にすみません」

たまみがぎこちなく微笑んでそう言うと、3人は声を揃えて「おおおっ」と言って、頬を紅潮させたの。まごうかたなきデブ専ね。

辻堂拓也は速攻でデブ専ネットワークの人々と連絡をとって、招集をかけたの。商社マンだけあって、仕事速いのよ。

3人はそれぞれ言ったわ。

「はじめまして、こちらこそ光栄です」

「お気遣いなく。リアルで同志に会うのも楽しいものですから」

「お噂はかねがね、辻堂くんから」

デブ専男が3人も来ると聞かされたとき、たまみは正直、怖いと思っていたの。デブ専という言葉を聞くと、以前ネットで見た画像が脳内に立ち上がってきてしまうのね。巨デブ女の裸体に吸いついている男のイメージとか、DVD『焼豚天国』の亀甲《きっこう》縛りの女とか、芋《いも》ヅルでどんどん思い出してしまうのよ。だから、できれば、ここへの出席は辞退したかった。でも、こんなことで心折れていたら、この先のどこかでも折れてしまうだろうと思い直し、克己心を奮い起こしての参戦だったの。

実際に会ってみると、デブ専男たち3人は、普通と言う以外どう表現していいかわからないぐらい普通だった。パンツを頭にかぶってるわけじゃないし、どエロな妄言《もうげん》ばかり吐き出すわけでもない。むしろ紳士的だったわ。

デブ専3人のうち、ひとりは小太りで、あとのふたりは華奢《きゃしゃ》な体つきだった。ふたりがサラリーマンで、ひとりは高校教師。さらに、ひとりにはデブの奥さんがいて、ひとりにはデブじゃない奥さんがいて、あとのひとりは未婚だったの。

「たまみさんを見ると、ルノワールの『レースの帽子の少女』を思い出しますね」デブじゃない奥さんを持つデブ専がたまみにそう言ったわ。

「おお、まさに」

「あれは傑作ですね」他のふたりのデブ専も盛り上がった。

実は、デブじゃない奥さんがいるデブ専は、デブ専界では知る人ぞ知るデブ専ブログのブロガーなの。デブ専的にインパクトのある画像やら動画やらを、ネットはもちろん、映画やＤＶＤや海外誌などからも広く収集して紹介し続けているのね。さまざまに細分化された愛されデブの図解つき分類や、ルノワールをはじめデブ専的記号を持つ世界の名作アートの考察など、読み物としてデブ専じゃない人にもウケていて、マイナージャンルにしては驚異的なアクセス数を誇っているのよ。メディアから取材を受けたり、ラジオに出演したりもしているの。

互いに簡単な自己紹介をしたあと、デブ捕獲計画策定会議がはじまったわ。

まず、たまみがターゲットとなる人物像を説明して、言葉が足りないところは拓也が補足した。デブ専たちは穏やかな雰囲気だったけど、明らかに前のめり気味だったの。巨デブのダンサーユニットなんて、デブ専的にもおもしろいことらしかったのね。

3人は興奮気味に、口々にしゃべりだしたわ。

「要するに、やせたいとは思っていない若めの太った子とたくさん出会える場所を考えつけばいいんだよね」

「たくさんかぁ、群れることが少ない人たちだからなぁ」

「群れとか言われちゃうと、イマジネーションが膨らんじゃうなぁ。浅瀬に遊ぶ、太った人魚たち」

「なんで海なんですか」

「海だったら、僕は太った海女《あま》のイメージだな。たき火を囲む、太った海女の群れ」

「ちょっと、それはエロいんじゃないですか、女性の前で。ねぇ、たまみさん」

「海女に地引き網で捕獲されたい」

「地引き網を使うのは、胸毛を生やした漁師ですよ」

3人の話は楽しそうだったけど、たまみは気が気じゃなかったわ。あっちこっちに話が飛んじゃったら、楽しくおしゃべりしただけで終わられちゃうかもしれないじゃない。

「あの、人魚とか海女とかは、その……」たまみがおずおず言うと、拓也が「どうでもいいんです！」と、フォローした。

「議題に集中してくださるようにお願いします」拓也の口調が、いつになく厳しかったわ。本気で力になろうとしてくれていることが伝わってきて、たまみは胸がきゅんとなった。

「ああ、ごめんごめん」と、デブ専ブロガーが笑って言った。「出会う場所の話だよね、今すべきなのは」

「群れることが少ない人たちだからなぁ……」小太りのデブ専がそうつぶやくと、高校教師は天井を見上げて言ったわ。「海女って最近じゃウェットスーツ着てるからエロくはないよなぁ」

「海女の話はもういいッ」拓也がぴしゃりと制すると、そのあと沈黙が続いてしまったの。なんだか、目の覚めるようなアイデアは飛び出さないんじゃないか的な予感に満ちあふれてしまったのね。たまみは早くも、この会合は早めに切り上げなきゃと考えはじめていたの。拓也の顔を潰《つぶ》さないようにしながらね。

そこに、若い割にはケバい化粧をした居酒屋の従業員の女が、注文したナスの一本漬けを運んできた。派手なネイルをつけた手でテーブルに皿を置いていったの。

「居酒屋であのネイルは許されるのかな」デブ専ブロガーがそう言うと、「最近はキャバクラとかけ持ちで居酒屋のバイトしてる子が多いんだって。あの子もそうなんじゃないかな。あんな金髪に近い髪の毛だし」小太りのデブ専がそう答え、箸《はし》をとって漬け物を食べはじめたわ。

すると高校教師のデブ専が、「キャバクラか!」と目を見開いて言ったの。

一同の視線が、高校教師に注がれた。

注目されたことでちょっと戸惑った彼は「やっぱ、なんでもない」って、慌てた様子で言ったの。たまみは思わず「言ってくださいッ」と、大きな声を出したのね。

「……あくまで一案なんだけど」蚊の鳴くような声で高校教師は話しはじめたわ。

「海女の話ぐらい大きな声でッ」拓也がそう言うと、高校教師はビクッとなった。

「太った子とたくさん会えるっていうなら、デブ専キャバクラじゃないかな。デブのキャバ嬢ならまぁ若いし、やせようとは思ってないわけでしょ」

「そうだよ、それしかない」小太りが目を見開いて言ったわ。

「確かに、いいかもしれないですね。たまみも、仲間を連れて参加してくれるかもしれないですし」

拓也も大きく首を縦に振ったわ。たまみも、目からウロコが落ちた感じだった。自分では絶対に思いつかなかったアイデアだったからね。

「私、何年もデブ専ブログやってますが、デブ専キャバクラに行ったことがないんです」

有名デブ専ブロガーが肩をすくめてそう言うと、「実は私、新宿に行きつけの店があるんですよ」と、高校教師はおどおどしながらそう言ったのね。「このあと行ってみますか?」

早速これから狩りに行こうということになって、デブ捕獲計画策定会議は生ビール1杯で終了したわ。たまみを残してタクシーに乗り込んだ実行犯の男4人は、車窓からたまみにピースした。新宿に向かい去っていくタクシーを、たまみは祈るような気持ちで見送ったの。

デブ専キャバクラに初めて来たという有名デブ専ブロガーは、タクシーの中で「私のブログのことは店では言わないでくださいね」とか言っていたのに、いざデブ嬢に囲まれると興奮して自分のことをペラペラしゃべってしまったわ。

拓也も他のデブ専ふたりも唖然《あぜん》としたけれど、デブ嬢たちはみんな彼のことを知っていて、有名ブロガーのご来店に嬌声《きょうせい》を上げたの。店長も名刺を持って挨拶しに来たわ。サービスドリンクを運んできた新宿店店長は、ウエストに犬の首輪がはめられそうなくらい細身の、インチキくさいチョビひげを生やした男だった。骨張った手で揉《も》み手しながら「ちらっとブログで宣伝してもらえたら嬉《うれ》しいんですがね」的なことを言ってきたのね。「大宮《おおみや》に新しく系列店ができるもんで、オーナーがとんでもない売り上げノルマを乗っけてきたんス」と、聞いてないのにこぼしてきたの。

拓也は、商機を逃さない商社マンよ。こんなチャンスを逃すはずがなかったわ。

「いま、すごく宣伝になる企画を、みんなで温めてるんですよ」と店長に話しはじめたのよ。

一流の振りつけ師のもとでデブだけのダンスチームを作り、テレビなどのメディアへの露出も積極的に狙っていくと言って、店長とデブ嬢たちを惹《ひ》きつけたのね。来月にはメンバー募集を締め切っちゃうんだけど、まだ具体的にメンバーを選出していないので、いまのうちにこのキャバクラのデブ嬢でメンバーを埋めてしまうのはどうか、店のプロモーションとしておおいに使えるはずだと盛り上げたの。

「世間から注目を浴びるのは間違いないでしょうね」そう言って拓也は、不敵な笑顔を浮かべたわ。アメリカ仕込みの、渾身のはったりよ。

店長はちょっと考えたけれど、「メンバーの大半がうちのデブ嬢になるなら、Jカップクラブという店の名前を露出できないか」と言ってきたわ。チーム名に店の名前を使うとか、衣装に店の名前を縫いつけるとか、方法はなんでもいいって。それを確約してもらえるなら、新宿店と池袋店の系列2店舗から6名のメンバーを確保してレッスンに通わせると言ってくれたの。

先に帰宅していたたまみは、首尾よくメンバーを釣れるかどうか心配で心配でちびりそうになっていたわ。だから拓也から電話で報告を受けて、もう床を破壊してもいいぐらいに飛び跳ねたのね。

何度考えても、デブ専キャバクラのデブ嬢たちという思いつきはすばらしいと思えたの。ひきこもりのデブと違って、キャバ嬢なんだから、まず人前に出ることに慣れてるわけでしょ。カラオケなんかもバンバン歌うんだろうから、リズム感ゼロみたいな人もいないはずよ。そしてなにより、たまみと同じ時間帯に働いてるんだもの。レッスンに集まる時間帯が簡単に調整できるわ。

なにもかも、拓也のおかげだと思った。拓也の再度の求愛に対して、あんな返事しかできなかったというのに。どれだけ感謝しても、感謝し足りないと思ったのね。

たまみはチーム名を考えた。Ｊカップクラブに「種」という言葉をくっつけて、『Ｊカップクラブ＆シード』と名づけたの。


かくして、７人のデブが集結したわ。

記念すべき初顔合わせが、大先生のスタジオで行われたのね。

すばらしいことに、７人とも身長の差があまりなくて、太り具合もけっこう揃ってたの。パフォーマンスの見栄えを考えると大事なことでしょ。

鏡張りの一室で大先生を待つあいだ、たまみは緊張しながらメンバーの顔を眺めたわ。同じ系列店のデブ嬢だけあって、それぞれみんなよく知ってる仲みたいだった。お互いのおなかをくらべっこしたり、客のことをぼやきながら談笑したりしていたのね。でも、キャバクラの控え室でヤキソバ食べてるときみたいにリラックスしているわけじゃなかったわ。声をひそめて喋《しゃべ》っている様子から、それなりには緊張しているのが伝わってきたの。

中でも万希という、たぶん最年長のデブ嬢は、表情が固まっているように見えたのね。

しばらくすると、大先生とアシスタントの女性が厳かに降臨したの。みんなシンと静まり返ったわ。

「みなさん、集まってください」アシスタントの号令に、デブ嬢たちは指示されなくても自然と横一列に整列したの。キャバの開店前のミーティングとかでいつもそうしているのかなと思いながら、たまみは列の右端に立ったのね。

大先生は、キンという音を感じるぐらい姿勢がよかったわ。あらゆるユルさを一切許さないみたいな、張り詰めた空気を放出していたの。厳しい表情で、7人のデブ全員を見渡した。どいつもこいつも、知らないスタジオにのこのこやって来た、右も左もわからない巨デブ達よ。

「なんか、みんなさぁ」大先生は恐ろしげなしゃがれ声で言ったわ。「なんかみんな、どうしていいかわからないみたいな顔してるねぇ」

メンバーは一様に、はい、どうしていいかわかりませんけどみたいな顔をしてた。

「でもねぇッ、あたしだってどうしていいかわかんないよッ」大先生は目を見開いてデカイ声で言った。ちょっとした摑みに笑いをとろうとしたみたいだったんだけど、みんなは固まっただけだったわ。

そりゃスベるよと、たまみは思った。だって、怖すぎるんだもの。山奥で包丁研いでる山姥《やまんば》ぐらいのしゃがれ声なんだもの。

「どうすんのよ、この空気」たまみは胸中で、そうつぶやいた。フォローしたかったけど、ひとりだけわざとらしく笑ったら自爆確定よ。リーダーとして、しょっぱなから自爆するわけにいかなかったわ。

「でもね！」

カミナリみたいな一声に、みんなの表情がパッと変わった。大先生は、瞬時に空気を変えられる人だったの。さすが表現者だとたまみは思った。大先生は大確信を込めた、力強い声で言ったわ。

「ひとつだけ、間違いないと思ってることがある。あんたらには、ダンスを教わる以前に、ものすごい才能があるってことだよ」

大先生の確信に満ちた言葉に、たまみは息を呑んだわ。ほかのメンバーも同じだった。メンバー全員、食べ物以外のことにここまで集中したことはないぐらいの真剣さで、大先生を見つめたのよ。

「いいかい、やせたダンサーが何十人といてさ、脚上げて、回って、跳んで、いっくら上手に踊ったってさ、そこにデブのダンサーをひとり投入してごらんよ。すべての客は、デブしか見なくなるよ。その舞台が終わって幕が下りたあとだってさ、お客はデブのことしか覚えてない。デブはさ、才能なんだよ。才能に恵まれたおかげでさ、あんたらのダンスは誰もが注目するダンスになるんだよ。やせたダンサーが自分に注目してもらうためにどれだけ苦労を重ねるか、あんたらわかる？　そこへいくと、あんたらは出てきただけでお客の目を釘づけにできるの」

みんなの目が輝きだした。体温が上がったメンバーたちが蒸気を放出しはじめて、スタジオの鏡が曇りそうだった。すごい空気を作る先生だなと、たまみは思ったわ。この人の言葉は死んだデブでもよみがえらせるかもしれないって。大先生は、さらに続けて言った。

「でも、でもね、大事なのはそこからだよ。注目を集めるだけなら、あんたらにとっちゃ簡単だろうけど、そこで終わるわけにいかない。そこでさらに一発、圧巻なダンスを見せつけてやろうじゃない。あんたらは、ただ面白がられるだけのデブじゃないよ。そんなところで終わるデブじゃない。人々に感動と希望を与えるデブになるんだよ」

大先生の獅子吼にはじかれたように、メンバー全員が拍手したわ。

全員が「うぉぉぉぉッ」と、怪気炎を上げたのよ。大先生の本気が伝わってきて、みんなの心を震わせたの。

やっぱりすごい先生だったんだって、たまみは思った。こうして、この日に産声をあげたJカップクラブ＆シードは、週に3回、大先生のレッスンを受けることになったわ。

感動の船出だったの。

7

路地裏のイタリア料理店の店先に置かれたイーゼルに、「ただいま貸切」と書かれたボードが掲示されていたわ。

初顔合わせのあと、初回のレッスンに先駆けて、たまみは出陣式兼親睦会みたいな食事会を開いたのね。辻堂拓也は仕事で参加することはできなかったんだけど、彼がリザーブしてくれた店よ。ダンサーの他には、Jカップクラブの池袋店と新宿店それぞれの店長、そして呼んでないはずなのにデブ専3人男も参加していたの。

集まった6人のダンサーたちはみんな、自ら志願したデブ嬢たちだったわ。

店の命令でいやいや参加した人とか、仲良しのデブ嬢につきあわされて参加したって人はいなかったのね。本当はもっと、たくさん志願者がいたの。でも手術の予定があったり、赤ん坊を抱えていたりで、顔がインチキくさい割にけっこう真面目な新宿店店長によって次々ふるい落とされていった。最終的に6人に絞られた彼女たちは、いわば選ばれしデブなのよ。

そんなダンサーたちが一斉に視線を向ける中で、たまみは緊張しながら自己紹介と挨拶をしたわ。大先生のような迫力と感動のスピーチはできなかったけれど、このダンスユニットに懸ける思いを語ると、ダンサーたちは温かく拍手してくれたのね。

たまみが話を終えると、すぐに乾杯になった。新宿店と池袋店で働く人は合同の食事会やら温泉旅行やら頻繁にやってるから、デブ嬢6人が相互に自己紹介する必要はなかったの。

たまみが最初に話したのは、ミユという22歳の沖縄出身のメンバーだった。マシュマロマンみたいな体で、人なつっこい表情をする子だったわ。

「あたしさぁ、中学の頃とか、アイドルみたいにみんなで踊るのが大好きだったのさぁ。でもさぁ、デブだからさぁ、アイドルの振りコピして踊ってるクラスメイトの仲間には入れなかったの。入れてもらったとしても、あたしだけ笑われて終わりさぁ。でも、やっぱり踊るのは好きだったの。うちでさぁ、仏壇の前でひとりで踊ってたんだよ。死んだお父が見てると思って。ちょっとむずかしいとこ踊れるようになると、喜んでくれてるみたいな気がしたの。一生懸命練習したんだよ。バカみたいに、ひとりでばっかり踊ってたの。でもさ、今はさ、店のみんなと踊れるでしょう。もう、楽しいのさぁ。もっと上手になりたい。お父も喜ぶし。だから、頑張るね」

ミユの隣には、同じ池袋店の万希がいたわ。

たまみが「初めまして」と挨拶すると、低い声で「どうも」と返事をして、自分からはなにも話さなかった。打ち解けるきっかけを摑もうとして、子どものこととかいろいろ聞いてみたんだけど、万希は短い返事しかしなかったわ。あんまり踏み込まれたくないのかなと、たまみは思ったのね。

万希はひとり息子・進一郎のいじめ問題で、本当はダンスどころじゃなかったの。何度も何度も学校に押しかけていて、そのうち担任の先生を圧死させるんじゃないかぐらいの勢いで迫りまくっているところだったのよ。

担任も生命の危険を感じたらしくて、「観察期間をください、注意して様子を見てみますから」と怯《おび》えた顔で約束してくれた。それからは、1日おきに連絡をくれるようになったの。だけど、ここのところ「仲良く遊んでいて、特にいじめられている様子はありません」という報告ばかりが続いていたのね。

そんな雑な報告で万希が安心するはずがなかったわ。

たしかに、担任の報告は嘘っぱちじゃないみたいだった。進一郎は不登校になったりしていないし、ノートや教科書に落書きされている様子もない。でも、眠っている間にパジャマをめくると、やっぱり新しいアザや傷があるのよ。

預かり手さんが「写真を撮っておきなさい」と言うので、携帯電話で傷の写真を撮りつづけた。撮影しながら、いつも涙がぼろぼろこぼれてしまうの。あたしのせいだ、あたしのせいだって、自分を責め続けていたからね。

万希が心配すればするほど、進一郎はますます心を閉ざしていくようだったわ。いろいろ聞かれるのをうるさがって、キレることも増えてきたの。動揺を気取られないように平気な顔をし続けたけれど、これ以上進一郎との溝を深めたくなかった。

そんな状況だったから、ミユに「いっしょにダンス参加しましょうねぇ」と言われたとき、万希は「ダンスの練習になんか行ってる場合じゃねぇよ」と答えたの。とてもじゃないけどそんな気にはなれなかったのよ。そんなの、家が火事なのに花見に行くようなもんだよって思ってたわ。でも、預かり手さんにそのことを話したら、「やりなさいよ」と発破をかけてきたのよ。

「いっしょにいる時間が少し減ったとしても、それでますます溝が深まるってものでもないんじゃないかしらね。四六時中べったり貼りついて顔色ばかり見てれば、進一郎くんが心を開くようになる？　子どもはね、追いかけたら逃げるの。親の背中を見て育つのが子どもなのよ。あなたが生き生きとなにかに打ち込んでいるところを見せていたら、そのうちきっと自分から歩み寄ってくるわよ。だって、進一郎くんは万希さんが大好きなんだもの。なのに他の子たちから醜い、みっともないって言われて、それに傷ついてるの。進一郎くんのためには、万希さんが最高にかっこいいところを見せてあげるのがイチバンなんじゃない？」

預かり手さんの言葉は、あまりにも意外だった。そんなこと言われてもって、万希は戸惑ったわ。

「放ったらかしになんかできないっすよ」万希は、預かり手さんには滅多《めった》に反論しないんだけど、思わずそう言い返したのね。

「放ったらかしにしろなんて言ってない。私が力になりたいって言ってるの」預かり手さんは、静かに、でも力を込めて言ってくれたわ。

「万希さんがいやじゃなければなんだけど、学校でのいじめの件は私と主人で動きます。不安だろうけど、まかせておいて。こういうの、下の子のときに経験済みよ。知り合いの議員さんにもお願いして、学校側がちゃんと対処しなくちゃならないようにします」

預かり手さんはもともとネグレクト防止のための有償ボランティアとして、進一郎の面倒を見てくれているんだけど、所属しているNPOの理事とは、保育士時代からの仲良しなのね。いじめを含めた児童問題のスペシャリストと、常に連携をとっているの。

「万希さんが進一郎くんにかかりっきりになっても、ことはなかなか進まないわ。むしろ学校への要請や交渉のときに動くだけにして、それ以外は私が善処していきます。万希さんは不安だろうけど、かえってそのほうがスムーズに進むと思う。だから、ダンスでもなんでも、自分を磨く時間を作ってちょうだい。そんな姿を見せてあげることが、きっと進一郎くんの成長につながると思うから」

「でも、やっぱ普通じゃないですよね、そんなの」

戸惑いを隠せない万希に、預かり手さんは力強く言ったわ。

「もともと普通じゃないし、それに、普通なんてどこにあるの？　普通なんてどこが偉いの？　普通なんて追い求めたって仕方がない。特別でいいじゃない。普通じゃないなんてことで揺らいじゃだめ。一番大事なのは、揺らがないことよ」

預かり手さんは、自分の子どもがいじめを受けたときにやってしまった失敗や、やってよかったこと、やればよかったと思ったことなどを、具体的に聞かせてくれたわ。担任の先生への接し方や、子どもに注意を向けなければならない点などについても、自分なんか足もとにも及ばないくらい経験を積んでいることがわかったの。そんな預かり手さんに「ダンスをやりなさい」と言われちゃったら、反論の余地がないように思えた。

結局、万希は預かり手さんの言うとおりにすることにしたの。週に3回、ちょっと早めに進一郎を預かり手さんのところに行かせて、ダンスを踊ることになったのね。

いよいよチームでの活動がスタートしようという今になっても、万希はまだ完全に迷いが払拭《ふっしょく》できていなかったの。目隠しをされて海に飛び込まされるような気持ちだったわ。いつ進一郎がピンチに陥るかわからないし、ぐずぐずしてたら取り返しがつかない事態になる可能性だってある。いつでもダンスなんかやめて駆けつけられる態勢でいなくちゃなんて思いながらここにいたのよ。

「万希さん、ちょっと、聞こえてる？」ミユの声が聞こえてきて、つい進一郎のことを考えてしまっていた万希は、ハッと我に返った。たまみが自分の目をのぞき込んでいるのに気づいたわ。その横でミユが怪訝な顔をしていたの。

「ごめん、ぜんぜん聞いてなかったよ」ちょっと焦ってそう言ったんだけど、万希は表情があまり変わらない女なので、ただの仏頂面に見えてしまったのね。

たまみはそんな万希を見て、他の人に比べてキャバ嬢らしい華がない人だなぁと思ったわ。顔面の筋肉がほとんど動かなくて、なんだか石みたいなんだもの。まぁ、華なんかあっても巨デブは巨デブなんだけど、舞台に立ちたいなんて思うような人には見えなかったのね。

万希をフォローしようと思ったのか、ミユが「万希さんはさぁ、池袋店でも人気デブ嬢なのさぁ」と言ったわ。キャリアも長くて、池袋店の中でも頼れるお姉さん的存在なんだって。

この人がキャバ嬢だっていうだけで驚きなのに、人気があるなんて信じられない。たまみは顔に出さないようにしながら、心の中でそうつぶやいたの。

「頼られても、あんたの体重じゃあたしでも支えきれないよ」

そう言ってワインを飲む万希の横顔を、たまみはさらにじっと見たわ。翳《かげ》りの中に怒りや苛立《いらだ》ちをぎゅっと押し込めたような顔をしてる気がしたの。

そのとき不意に、たまみの背後から「たまみちゃんて呼んでも、よろしいかしら」と、声がかかった。新宿店の妃都美《ひとみ》だったわ。その隣には同じ新宿店の麗《れい》もいた。

妃都美はパッと見ただけで、女王様キャラで売っているデブ嬢だとすぐにわかった。女王様然としたメイクといい、背中のあいた黒のロングドレスといい、身のこなしといい、まさに「肉の女王」といった風格だったわ。

隣にいる麗は妃都美と対照的な、フェザーをあしらった白いドレスだった。太ってはいるけれどかなりの美人で、しかもオシャレだったのね。肉の女王の魔法で巨デブに変えられたお姫様みたいだと、たまみは思った。だけど、そう思った矢先に麗は「フフフ、たまみちゃんだと長いから、タマじゃやだめ？」と笑みを浮かべながら言ってきたわ。見た目お姫様でも、中身はどうやら魔女側の生き物みたいだったの。

「タマでもポチでもいいですけど」とたまみが返すと、妃都美は「まぁ、面白い子ねぇ」

と優雅に笑ったわ。

「このチームは、あれなのよね、ダンスで一躍有名になって闇の権力と手を握り、デブをバカにした者どもが、ひれ伏してナミダ目で失禁して許しを乞うような逆襲をするためのチームなんですのよね？」

そう言って暗黒な笑みを浮かべる妃都美に、たまみはちょっと焦った。

本来のコンセプトとの微妙な違いを説明しようとしたんだけど、近くに居合わせたデブ専ブロガーが割り込んできて「だいたい、そう」と答えてしまった。舌打ちしそうになったけど、まぁ、ゆっくりすりあわせていけばいいかと思って、たまみは黙ったの。

「フフフ、いいね。デブの逆襲」麗が、そう言って笑った。

たまみはとにかく距離を縮めなきゃと思って、お近づきの世間話的に「妃都美さんは、どちらにお住まいなんですか」と聞いてみたわ。

「千葉ですの」と、妃都美は答えた。

肉の女王は東武野田《とうぶのだ》線沿線でご両親と同居しているそうなの。

短大を卒業してから会社勤めをしていたそうで、「その当時はただのダサい巨デブＯＬでしたわ」と妃都美は言ったわ。配属先の同僚がデブの妃都美を仲間はずれにして、上司にも悪口を吹き込んだらしいのね。髪にパッチン留めをつけた赤縁メガネのデブの味方をする人は少なくて、妃都美は精神的に追い詰められたそうなの。なんでそんなことをするのかって泣きながら同僚に聞いたら、返事はたった一言、「デブうざい」だった。妃都美は心を病んで、一時はやばかったそうなのよ。会社をやめてデブ専キャバクラで働くようになって、はじめて居場所を得たような気持ちになれたと、肉の女王は語ったわ。

「居場所どころか王国作ったよね、妃都美女王様は。フフフ」麗が笑って、そうつけ足した。

「女王の逆襲の恐ろしさを思い知らせてやりますわ。生きてることすら拷問だと感じさせてあげますことよ」

新宿店のスリム店長が「うわー、逆襲だとか拷問だとか、言ってること超邪悪じゃねぇか」と眉毛を八の字にして言った。肉の女王は高笑いしたわ。

「やられたことの10分の1ぐらいで許してあげてもいいわ。それなら邪悪ではありませんわよね」妃都美の目がギラリと輝いたわ。

「絶対、10分の1じゃ満足しないわ、このオンナ」と、たまみは思ったわ。

妃都美と同じぐらい邪悪な顔でニヤリとした麗は、もともとは細くて、モデルをやってたそうなの。でも、仕事でつまずいたのがきっかけで、やせた体を維持するのが心の底からイヤになってしまったそうなのね。モデルなんかやめよう、もう太ってもいいやと思ったらどんどん太りはじめて、いまや巨デブにまでなったのよ。

太る前はデブ専じゃないキャバクラに勤めたこともあったんだけど、ノルマとか嬢同士のドロドロとかいろいろあって馴染めなかったんだって。でもデブ専キャバクラはノルマはないし、お客はやさしいし、お酒もそんなに飲まなくていいから天国だって麗は話したわ。

「うち、楽ばっかりしてるから、クソだって母に言われてるの。フフフ。たしかに楽ばっかりしてるから仕方ないね。でも、当分は今のまんまでいいと思ってるの。今はやせたいとか思わない。フフッ。太ったときに露骨に離れていったオトコとか友達とかいっぱいいるのよ。そいつらがうちを忘れた頃になったら、また脱デブするかもしれないけどね。今は、やせるもんかと思う。うちが自分を追いすがって必死にダイエットしだしたとか、そういうこと言う奴いるからね。フフフ。あんな奴ら、死ぬほどどうでもいいのにね」

「怨霊《おんりょう》だな、おまえら2人とも」新宿店店長が言ったわ。

「私も入れて3人ですっ」思わずたまみがそう言うと、妃都美と麗が笑いながら抱きついてきた。

「そう簡単には祓《はら》われませんわよね、わたくしたち」と言う妃都美に、3人は頷きあったの。ふたりと一気に打ち解けられたような気がしてたまみはうれしかったんだけど、チームのコンセプトがじりじりと「逆襲」に寄ってきてしまうと、そもそもの思いからブレてしまいそうだった。ちょっとだけ焦りも感じたのね。

そこに新宿店の夏海《なつみ》が立ち上がって、「みなさーん、ご注目ですぞーっ」とアニメみたいな甲高い声で叫んだの。

髪をツインテールに結んだ池袋店の里香《りか》と新宿店の夏海は、双子みたいなデブだったわ。店は違うけど、仲良しみたいなのね。ふたりはそう言ってみんなの前に立ち、「Ｊカップクラブ＆シードのキャッチフレーズを考えてきましたぞぉー」と言ったの。「では、発表いたしまぁーす」夏海が宣言すると、里香はくるりと背中を向けた。そして上半身をひねって振り返り、言ったの。

「踊らねぇデブは、ただのデブだ」

みんなが一斉に「パクリ過ぎだろ！」と叫んで、里香と夏海を小突きまわしたのね。デブ専たちもイタリア料理店のスタッフ達も笑ってた。

妃都美が、「夏海は新宿で、お笑い担当ですの。調教したくなるぐらいかわいいでしょ」とたまみに言ったわ。ミユが「里香も、池袋店でそんな感じさぁ」と言った。万希がぼそっと「あんただってお笑いでしょ」と突っ込んだわ。たまみはそっと万希の表情を見た。顔は笑ってはいるけれど、心の底は超低温な感じがしたの。

「あたし、この人達をちゃんとまとめていけるのかな」たまみの心は揺れ動いた。明後日の初レッスンが無事に終わるように祈ったわ。

会合の最後には、新宿店・池袋店共通のＪカップクラブのデブ嬢たちのかけ声で締めることになったの。

みんなで円陣を組んで、ひとりひとり順番に叫んでいくのよ。

池袋店の店長が、まず叫んだ。

「みんなの腹には、何が詰まっている？」

時計回りにメンバーが大きな声で答えていったわ。

「愛と勇気！」

「夢と希望！」

「正義と平和！」

「自由と平等！」

「美と情熱！」

「汗と涙！」

そして新宿店店長が締めに「色気とッ」と叫び、全員で「食い気ッ！」と返したわ。

「明後日の初レッスン、頑張りましょう」と言い合って、解散したのね。

最初のレッスンの日、大先生はメンバーに厳重に言い渡したの。

「あんたらは、絶対に跳ねるな。あたしはあんたらに、飛び跳ねる振りつけは絶対にしないから」

大先生は、跳躍がデブの膝を粉砕することを知っていたの。ダンサーはみんな、ちょっと感動したのね。自分たち自身、巨デブのくせに膝のことなんて考えたこともなかったし、誰からも教わってなかった。それなのにこの華奢なサルの干物のような大先生が、とにかく故障がないようにと、さまざまな怪我の可能性をちゃんと学んでくれていたとわかったのね。今日までにデブのパフォーマンスについて熱心に研究してくれていたことが伝わってきたの。

たまみはなんとなく「大先生のレッスンてきっと、うさぎ跳びグラウンド10周みたいなスポ根系か、しゃがんで立つのを100回繰り返すような基礎練の繰り返し系なんだろうな」と思っていたんだけど、実際はぜんぜん違ったわ。

大先生はまず、チームパフォーマンスの創作方針について説明したの。しゃがれ声を最大ボリュームにしてしゃべってたから、首に血管が浮いてたわ。黒くて細くて横皺《よこじわ》がいっぱいある首によ。

「この前も言ったと思うけど、デブであるということは、出てきただけでお客を摑めちゃう強力な武器だよ。さらにあんたらはさ、どんな衣装を着て何をやっても、ユーモラスにキマる。それも、デブにだけ与えられた特権なの。すごいことだと思わない？　どんな衣装も似合うダンサーなんて、デブ以外いないんだよ」

たまみがそっと6人の顔を見まわすと、みんな目をキラキラさせて大先生の話を聞いていたわ。大先生はほとんどまばたきをせずに、さらに続けたの。

「でもね。これも前に言ったけど、目を引くだけじゃダメなんだわ。ガシッとお客の胸ぐら摑んだら、すかさず往復ビンタ入れるのよ。つまり、お客をビックリさせるわけ」

「あはは」と、声を出して笑ったのは、髪をツインテールにした新宿店のお笑い担当・夏海だったわ。大先生は夏海の方を向いて、ちょっと表情をやわらかくしたの。

「どうやってビックリさせるか？　それはね、こうしようと思ってるの。デブじゃない奴らってさ、デブはのろまだって勝手に思いこんでるだろ。だから奴らは、デブが敏捷《びんしょう》な動きをすると、ものすごくビックリするはず。デブなのにすげえなって。だから、客の前に出たあんたらは即座に、敏捷な動きのダンスをブチかますの。目にもとまらないやつをね。あんたらをのろまだって決めつけてた客を、思いっきり裏切るんだよ。これも、デブだからできることでしょ。お客はどんな顔するだろうね。往復ビンタされて鼻血ブーだよ」

たまみは大先生の言葉だけで胸がスッとしたわ。隣にいる万希がゴクリと喉を鳴らしてた。さすがの万希も興奮したみたいだったのね。それを見てたまみは、ちょっと安心したわ。

「さて、鼻血を出させたあとは、どうするか。今度はなにをしたらいいと思う？」

メンバーたちが食いついてる気配を感じると、大先生の表情になんだか余裕のようなものが浮かんできた。髪をかきあげて大先生は続けたわ。

「今度はね、説得するんだよ。人は、ショックを受けた後だと、素直に言うことをよく聞くだろ。自分たちだからこそ伝えられることを、ここで伝えるの。つまり、感動させるんだよ、泣かすの。デブであるためにいじめられて傷ついてきた、そこを乗り越えて、ここまでのものを創りあげてきたってものを見せるのさ」

「うっ」里香が声を漏《も》らして涙ぐんだわ。

「あんたが泣いてどうすんの」大先生が突っ込んだ。メンバーが小さく笑ったわ。

「伝えるって言ってもさ、なにを伝えたらいいと思う？　あたしの考えなんだけど、あんたらが伝えるべきもの、それは連帯の美しさだと思うの。このチームの場合はね。人にはわからない苦労を重ねてきた人が結びつきあったら、凄《すさ》まじいパワーを出すことができるはずだよ。それをね、7人の一糸乱れぬ踊りで、連帯のパワーとして表現するのよ。すばらしいものになるよ、それだけは信じて。お客は、奇をてらったデブの踊りを上から笑ってやろうと思って見はじめる。でも、ダンスがはじまったら、あんたらから教わることになるの。自分らがどこかに置き忘れてきたもの。それがどんなに美しいものなのか、デブのあんたらから教わることになるんだよ」

たまみは、ミユの顔をちらっと見てみた。「一生ついていきます」みたいな顔で大先生に食いついていたわ。里香も夏海もそうだった。

「たぶん、お客は泣くわ。泣いて、漏らすわ。そうやってお客を揺さぶったあとは、今度は仲間に引き入れるの。手拍子を打たずにはいられないリズムで踊って、お客が愛情を感じずにはいられないようにするの。あんたらは、愛されるデブになるんだよ」

大先生の説明が終わると、夏海が激しく拍手をしはじめた。そして、7人全員が拍手したわ。

たまみは、舞台に立つ自分を思い描いてみた。

愛される自分。舞台から客席にいる辻堂拓也に手を振る自分。そして、仲間と抱き合う自分。

それを現実のものにするための戦いが、これからはじまるんだと思ったの。武者震いがしたわ。

レッスンはまず、敏捷な動きを学ぶことから始まった。

単純な基本動作を繰り返すのかと思ったら、そうじゃなかったの。大先生はまず、子どもでも踊れるような短くシンプルな振りつけをみんなに覚えさせ、少しゆっくりしたテンポで踊らせたのよ。ぎこちなくても一応、完成したダンスを踊れるし、それだけでも楽しめる感じだったのね。たまみ以外は店でずっと踊ってきたデブたちなので、けっこう上手なの。もっと速くて複雑な振りつけでも全然平気そうだったわ。たまみはちょっと焦ったけど、それでも楽しんで踊ったのね。

でも、大鏡に映った7人の動きはバラバラで、もちろん敏捷ではなかった。だいいち、ちっとも美しくなかった。大先生は言ったわ。

「忘れないでほしいんだけど、動きを敏捷に見せるには、体を速く動かせばいいってもんじゃないの。動くことより、むしろ止めることが重要。お客の目に認識されるのは、動きが止まった瞬間なんだよ。だから、動かした手をどこで止めるのか、そこが大事なの。的確な位置で、的確な間で止めなきゃだめ。ちゃんとした止め方で止めるから、振りつけを敏捷に表現してるのが伝わるんだよ。動きが揃ってることも、的確に止めることによって伝わるの。好き勝手に踊ったんじゃゃ、連帯の美しさもクソもないよね。狂ったデブがバタバタ暴れてるようにしか見えないだろ」

大先生は、一度覚えた振りつけを組み立て直すようにして、7人それぞれに手、顔、腰、脚の止め位置を指示したわ。そして、止めてから次の動きに移るタイミングも、何度もやり直させて教え込んだ。

たまみは大先生に「手を前に突き出すときは、正確にこの位置で止めろ。そして2つ目のカウントまで1ミリも動かすな。それから顔の真正面に手のひらを移動させるの。肘《ひじ》はきっちりこの角度で」と言われ、その通りにやってみようとした。正確に止めるには、思いっきり筋肉を使わなければならないわ。手がぷるぷると震えてきそうだった。簡単な振りつけのはずなのに、額から汗が噴き出したの。

7人全員を揃えるのにはちょっと時間がかかったけど、最終的にはちゃんとタイミングを揃えられたわ。そこで大先生は曲を速いテンポの曲に変えて、同じ振りつけを踊らせたのね。速いリズムで、止め位置やタイミングがきちんと揃った踊りを踊ると、見違えるように敏捷に見えた。たまみは、鏡に映る7人に瞠目《どうもく》したの。なんてすごい先生なんだろうって、繰り返し心の中でつぶやいたわ。

8

大先生のレッスンはやさしい振りつけからスタートしたけれど、どんどん複雑でどんどん速い動きが要求されるようになったわ。思ったほど全体のレベルが低くないことがわかった大先生は、容赦なくすぐにハードルを上げてきたのね。昨日までディス・イズ・ア・ペンとか言ってたのに、今日いきなりニューヨーク・タイムズを読まされるみたいな感じだった。

1回のレッスンは3時間ぐらいだったけれど、そのあと店で仕事でしょ、家に帰ると倒れ込んでそのまま眠ってしまうぐらい疲れたわ。スタジオに行かない日には、筋肉痛が牙を剝いた。和食店でビールの栓を抜くときに、僧帽筋《そうぼうきん》に走る痛みのために、たまみの顔は鬼瓦《おにがわら》みたいになったの。新入りの仲居さんがおびえて半泣きになるぐらいおそろしい顔だったのよ。

さらに数ヶ月が過ぎると、そこそこ踊り慣れたメンバーも悲鳴を上げるぐらい、さらにレッスンの難易度が上がったの。動きが難しくなっただけじゃなくて、くるくるとフォーメーションを変えなきゃいけなくなってきたのね。加えて、数人ごとのパートに分かれて、それぞれ違う動きをするようにもなってきたのよ。メンバー全員、レッスンの時間内に覚えきれないことが多発するようになったので、新宿店のスリム店長がレッスンに同行してビデオで撮影してくれることになったの。自宅でもばっちり復習しないとついていけなくなったからよ。インチキ顔の割にまじめな店長は、撮影してるだけなのに緊迫感に当てられておなかを壊したみたい。

たまみは、メンバーの誰よりも必死に自主練したの。ダンス経験が皆無だったたまみがまごついたせいで、レッスンの進行が遅くなったことが何度かあったのよ。最年少とはいえリーダーでしょ。これでは面目が立たないと、奮起したのね。

仕事中だろうとなんだろうと、人目がなくなると、たまみはすぐに振りつけのおさらいをはじめた。誰もいないはずの店のホールで夢中で踊っていて、板長に見つかり「ご乱心か」とニヤつかれたこともあったわ。

レッスンがある日は、ランチタイムが終わると全速力でエプロンを外し、バッグをひっつかんで出かけていった。なんか彩香ちゃんがじっとりした目で見てるときもあったんだけど、そんなの気にする余裕はなかったの。巨体の高速移動だから、衝突によるケガ人を出さないように注意するだけでいっぱいいっぱいなのね。

そんな慌ただしい日々の中の、ひさびさにゆったりしていた祝日のことよ。

その日は、お天気がすごくよかった。日頃ダンスで体を動かしているからぐっすり眠れて、たまみは気分のいい朝を迎えたわ。

夕方からレッスンがあるんだけど、店はお休みだったの。いつもみたいにダッシュで向かわなくていい。ゆうべ女将さんが持たせてくれた煮物と魚でブランチをとり、念入りに振りつけのおさらいをして、それでもまだ時間に余裕があった。

玄関先に置いた鉢植えに水をやっていたら、ピンクのかわいいつぼみが膨らんでいるのを見つけたの。この子もがんばってるなぁと思うと愛おしくて、携帯電話で何枚も写真を撮ったわ。

お天気がいいし、早めに家を出て買い物をしようとたまみは思った。スタジオに向かう途中、中野《なかの》にあるホームセンターに寄ったのね。レッスン中に体が熱暴走するから、シュッとスプレーするとメントールの作用で体がひんやりする涼感剤を買おうと思ったの。せっかくだから、メンバーのぶんも差し入れしようと思ってたのよ。

涼感剤なんてホームセンターに行かなくてもドラッグストアでいくらでも売っているし、ドラッグストアなんて街のどこにでもあるんだけど、わざわざホームセンターに来たのは、じっくり吟味したいと思ったからなのね。街中にあるドラッグストアは、通路が狭いでしょ。ぜんぜん、デブ向けじゃないのよ。たまみの巨体では、しゃがんで下段の棚を見ることもできないの。

中野駅から歩いてきたたまみは、まず入り口の冷気で汗を乾かした。自分の汗がぼたぼた商品にたれたら悪いからね。

たまみは休日の混雑した売り場ではいつも、邪魔にならないように身を小さくして歩くんだけど、買ったものを詰めた袋をドカッとぶつけてくる人がけっこういるのね。あからさまにわざと、デブは邪魔だと言いたげに、不機嫌な足どりでやるのよ。

そんなことを話すと「そんなの、わざとのわけないでしょ」「被害妄想だよ」と一笑に付す人もいるわ。でも、なんにせよ、ぶつけたら、少しはすまなそうな顔してもいいじゃない。なのにみんな、デブがいると迷惑だなぐらいの顔を向けて去って行くの。

そう言ったところで結局「デブなのが悪いんじゃん、実際ジャマだし、少しはやせたら?」と言われるだけだから、誰にも愚痴もこぼせない。黙ってるしかないのよ。

人がまばらなデオドラントのコーナーに行ってみると、真夏じゃないから涼感剤は下の段に陳列してあった。しゃがんで香りとか値段とかチェックしていると、今日もやっぱり、ホームセンターのでかいカートでたまみの巨ケツを轢《ひ》いていく人が何人もいたわ。振り返ると、たまみとは目を合わせないまま、舌打ちしたりするのね。

「いまの人、すごい太ってたね」

「やめて、聞こえちゃうでしょ」

そんな声も、聞きたくもないのに耳に飛び込んできたわ。

まぁ、そんなの初めての経験じゃないんだけど、初めてじゃないからって慣れることなんてない。慣れることなんて死ぬまでないと、たまみは思った。

涼感剤をカゴに入れてレジに向かうと、ダイエット商品の棚がある通路に出たの。わざわざここを通るように動線が設計されているのね。おびただしい数の商品が陳列されていたわ。いかにも効果がありそうなキャッチコピーや、ビキニを着たクビレ女の画像も溢れかえってた。まるで、世の中にやせたくない人なんかいないと言わんばかりだったの。

小デブ、中デブ、大デブ、そしてデブじゃない人たち。

さまざまな人々が、ダイエット食品だったりダイエット器具だったりを物色していたわ。涼感剤の棚の前なんかとは大違いの賑わいだった。

デブ帰れぐらいの感じで巨ケツをさんざん轢かれたあとだったから、たまみは思わずその光景をぼんやり見つめちゃったの。ランジェリーショップで追っ払われたあとにやせる石鹸の行列を眺めてしまったときみたいに。

「みんな、やせたいんだなぁ」

たまみは、小さくつぶやいた。

考えずにはいられなかったわ。

太っていることは間違っていることで、やせていることが正しいこと。

太っている人は醜い人で、やせている人が美しい人。

ここにいる誰もが、そう信じてる。

そんな人たちに向かって私がなにを言っても、聞く耳を持ってなんかくれないだろう。

私なんか、邪魔だとしか思われていないんだから。

そんな想いが確信に満ちて胸に迫ってきたの。急に耳鳴りがして、たまみは思わずよろめいた。

ここのところ、たまみはがむしゃらに突っ走ってきたでしょ。落ち着いてゆっくり考える余裕なんかなかったのよ。ただただ、大先生のレッスンについていくだけで精一杯だった。上手に踊れるようになれば何かが変わるはずって、そんな希望を抱いて頑張ってきたの。

でも、ひさしぶりに邪魔者扱いされたり、ダイエット商品に群がる人々を見たりして、そんな情熱に冷水をぶっかけられたような心地がした。夢から醒《さ》めたような気分になってしまったのよ。

「デブが泣いたってみんな嗤うだけ」という、よき子の言葉をたまみは思い出したわ。

デブが踊ったって、みんな嗤うだけなんじゃないだろうか。

そう思ったとたん、全身に鳥肌が立ったの。

急激にわきあがってきた不安が、瞬《また》く間に脳内を覆《おお》い尽くした。

月が隠れるように、希求をまったく見失ってしまったの。

暗雲に抵抗して脳をしゃんとさせようとしたけど、その時、遠く聞こえていた耳鳴りが、頭蓋骨の奥からだんだん近づいてきた。よく聞くと、それは女性の声のささやきだったわ。

さっきからずっとリピートされ続けていたのに、気づいてなかったのね。

その声がなにを言っているのか、はじめはわからなかった。神経を集中して周波数を合わせてみると、聞こえてきたのは、たまみにとってこの世でいちばん忌まわしい言葉だったの。

「あんた、みっともないわね」

電流に触れたように飛び上がったたまみは、慌ててかぶりを振って、声をかき消そうとしたわ。

すると、頭が揺れたせいなのか、目の前が暗くなってきたの。そして、今度は違う声が聞こえてきた。ここのところ交信していなかった、食欲中枢の神様の声よ。

「巨デブ怪獣・食べゴラスよ。愚か者。この世の中はデブのためには作られていない。それを知っているから、誰もがやせたいのだ。ホームセンターで巨ケツを轢かれたりしないように、やせていたいのだ。おまえは、そんな世の中に適応できない。聖母・冷蔵庫様に育てられたおまえは、オオカミに育てられた少女と同じだ。誰もおまえの気持ちなどわからないし、おまえの考えなど必要としない。いずれ、みんなに見放される。おまえのダンサーチームも瓦解《がかい》する。おまえなど、ひきこもって泣きながら、ただただ食べていればいいのだ。本気でおまえに共感する人間などいない。おまえを理解する者もいない。その証拠に、おまえには友達がいない」

友達がいない。

痛いところを突かれたわ。ダイエット商品とそれに群がる人たちの姿が、みるみる涙でにじんできた。

「私だって、努力しました」

たまみは、震える手でバッグからハンカチを取りだして涙を拭《ぬぐ》った。それを見て、神様はゲラゲラと嗤ったの。

神様はたまみの脳内にいるのだから、たまみの一部のはずよ。チームたまみの一員でありながら、どうしてこんなに辛辣《しんらつ》な言葉を投げつけてくるのか、たまみにはわけがわからなかったわ。

「もう、消えてください」

たまみは心の中でそうつぶやいたけれど、神様はますます大きな声で嗤ったの。まったくたまみの思い通りにならなかった。もう神様なんて無視してここから出ようと、たまみは顔を上げたのね。

そのとき、異変に気づいたの。

涙を拭っても拭っても、視界がぼやけたままなのよ。

「なんで視界がぼやけたままなんだろう」

たまみは周囲の空気を見上げた。そして、顔面蒼白《そうはく》になったの。たまみの視界をぼやけさせていたもの、それは涙なんかじゃなかったの。あのゼリーだったのよ。

「ひさしぶりにきた」たまみはパニックに陥ったわ。

ここのところゼリーに襲われることがなかったから、完全に不意を突かれた。気がつくと、広いホームセンター全体がゼリーに包まれてしまっていたの。

こんなのは現実じゃない、ゼリーの襲撃なんて、私の心の中で起きている現象にすぎない。

たまみは必死で自分に言い聞かせて、落ち着きを取り戻そうとしたわ。でも、足がガクガク震えて、心臓の位置がズレるんじゃないかと思うほど動悸が激しくなってしまったの。

「ゼリーなんて、ない！」

恐怖で顔をひきつらせながらも、たまみは強く念じたのね。ところが、ゼリーは消えていくどころか、今までにない激しさで襲いかかってきたの。

床から天井まで満たされたゼリーの中に澱《おり》が生まれて、澱はみるみるうちに恐ろしい触手を持つ生きものとなった。獰猛《どうもう》な触手が、たまみの太い首に巻きついてきたわ。そしてそれは硬度を変え、バールのような凶悪な棒となって、たまみの口をこじ開けようとしたの。

ゼリーが体の中に入ってきたら、たちまちたまみの精神は乗っ取られ、意識を凌駕《りようが》されてしまう。そうなれば、ダイエットコーナーの棚を蹴り倒して暴れるぐらいじゃすまなくなる。そう考えて、たまみは戦慄したわ。

ふと見ると、ダイエット食品のパッケージが目に留まった。シリアルと同じぐらいの大きさの、プロテイン粉末が入った箱よ。箱は「これさえ買えば楽になれるわよ」と言っているかのように思えたの。藁《わら》をも摑む気持ちでプロテインの箱に手をのばすと、そのとたん、脳細胞を切り裂くように、頭の中で雷のような声が鳴り響いたわ。

「おまえ達は市場の家畜、ブタなのです」

悲鳴をあげそうだった。

たまみは火事場の馬鹿力みたいな勢いでゼリーの触手を振り切ると、手にした箱も涼感剤が入ったカゴも放り出して、一目散にホームセンターから飛び出してしまったの。買い物客たちがパニック映画みたいに身をかわしてくれたので、誰も踏みつぶさないですんだわ。

中野駅に到着するまでに2度飲食店の看板にぶつかり、そのほかに1度つまずいて転んだ。いずれかで顎と肘を打ち、いずれかでストッキングが伝線した。駅前にある自動販売機で水を買って飲み、ようやく落ち着きを取り戻したの。

「気持ちのいい陽気だったから、楽しく買い物するはずだった」

たまみはひとり冷たい汗にまみれて、ロータリーの前に立ちつくしたわ。

たまみの心とは真逆に、空は雲ひとつない快晴だった。

陽差しを浴びた街路樹の葉が、そよ風に揺れていたの。

駅から出てくる人々の早足の流れにさからって、腰の曲がったおばあちゃんが、陽差しを反射するカートを押しながらゆっくりゆっくり歩いていったわ。おばあちゃんはなにか独り言をつぶやいていたようだったけど、聞き取れなかった。雑踏の中、誰も聞いていない言葉をシャボン玉のように吐き出しながら、たまみの前を通り過ぎたの。

「誰にも受けとってもらえない言葉」

たまみは茫然《ぼうぜん》と、心の中でつぶやいた。

底なし沼にはまった気分だったわ。

いつかはこんな思いに駆られる日が来るんじゃないかと思っていたけれど、なんで今日なんだろうと怨めしい気持ちになった。出だしが快調だっただけに、落下衝撃が激しかったのよ。2日ぐらい余裕で寝込めそうなぐらいの大ダメージをくらったの。巨体の中の小さな心が、船酔いしそうに揺れたわ。

「私のしてることは、ムダなんじゃないだろうか」

そう思うと、膝から力が抜けて、巨体を支えきれなくなってきた。

「今日はもう、踊りになんか行けないかもしれない」

そう考えたときよ。バッグの中で携帯電話が振動したの。取り出して画面を見てみると、夏海からメールが届いていたわ。

「中野駅前でリーダー発見しましたぞ☆」

メールには、そう書かれてた。

驚いて周囲を見回すと、ツインテールの茶髪の巨デブが、ロータリーの向こうで手を振っていたの。グレーのギンガムチェックの短いワンピース。間違いなく夏海だった。

埼玉に住む夏海がどうして偶然にも中野に来ていたのかというと、新進アイドルユニットがチェキ会を開催していたからだそうなの。アイドルと一緒に写真を撮るイベントよ。

「ダンスのレッスンに間に合うように早めの整理券ゲットして、チェキしてきましたぁーッ」と、アニメの声優みたいな口調で夏海は言ったわ。

夏海は女子アイドルおたくなのね。アニメのおたくでもあるらしいんだけど、メインはアイドルだって言ってたわ。両親と同居していて、デブ専キャバクラの稼ぎは、食費を入れるほかは全部アイドルに注ぎ込んじゃってるそうなのよ。Jカップクラブに勤めている。ショータイムでアイドル曲が踊れるからで、

「そうじゃなかったらやってなかったですぞー」と、きっぱり言ってたわ。アイドルの曲を踊るのが大好きなんだって。

「リーダー、一体それ、どうしたのでありますかー？」夏海は、たまみの伝線したストッキングや擦りむいた顎を見て、怪訝な顔をしたわ。

「もしかして、乱闘でもされたのでありますかー？　うわぁ、参加したかったですー」

夏海のアニメ声に一瞬、イラッときたたまみだったんだけど、こんなタイミングで同学年のメンバーに会えるなんて、宇宙の采配《さいはい》だと思えたわ。イラッときたことでよけい緊張がゆるんで、涙が浮かんできてしまったの。

まだレッスンまでは時間があった。ちょっとお茶でもしようということになって、ふたりは近くのカフェに入ったわ。弱気になっていたせいで、たまみは揺れ動く気持ちを丸ごと夏海に話してしまったのね。

「そうなんですかー、それはリーダー、さぞお辛《つら》かったでしょうー、お察しいたしますぞー」

夏海はアニメ声で相づちを打ち続けてくれていたわ。もちろん携帯電話をいじりはじめたりはしなかったし、ストローの袋でこよりを作ったりもしなかった。けっこう真面目に聞いてくれている様子だったのね。でも、アニメ声だけに、なんかお気楽に受け止められてる気がしてきたの。話せば話すほど、夏海のキンキン高い声の単調な相づちが気に障るようになっていったのよ。

たまみは伝えきれない気持ちを噛みしめたわ。よき子が死んだときに抱いた思いを、じっくり夏海に話したかった。でも、そこまでの関係じゃまだないし、そこまでの時間もないと思ったの。

アイスティーの氷はすぐに解けて、グラスの中はぬるくなっていったわ。それとともに、夏海に気持ちをわかってもらいたいという切なる思いもだんだん萎《しぼ》んできた。そろそろ、もうぼやくのはやめにして、レッスンの話に切り替えようと思ったの。一方的に聞いてもらうだけじゃ、なんか悪いとも思ったしね。

そのとき、夏海が急に真顔になって言ったの。アニメ声とは打って変わって、腹の底からしぼり出した声だった。

「別にいいじゃないスか。脱デブしたいヤツはすればいいんス。上等っス」眉間に深いしわを刻んだ表情はばっちり、ガンつけ顔だったわ。

なに急にそのヤンキーしゃべり、やめて、その巻き舌気味。

夏海の迫力にたじたじになったたまみは、曖昧《あいまい》に微笑むしかなかった。

「でもね、やせたってデブはデブっスよ」

違う話題をさがしはじめたたまみの耳に、夏海の口から、よき子のブログの一節みたいな言葉が飛び込んできた。生前のよき子が命がけで伝えた言葉よ。たまみはドキリとして、目を瞠《みは》ったの。

普段の夏海はお笑い担当として新宿店でギャグをかましてばかりいると、妃都美から聞いていたわ。レッスン中も、まるっきりバカ担当みたいなキャラだった。

でもヤンキーしゃべりの夏海は、その目の奥に、よき子を思わせる刃のような光をたたえていたのね。傷つけられては傷つけ返してきた血塗られた過去が、そこにひそんでいるような気がしたの。そういう二面性みたいなものが、かつてのよき子とかぶるような気がしたのよ。

ちょうどそこに、注文した海老のクリームパスタが運ばれてきてしまった。その先を聞きたかったたまみは、お預けをくらうことになったわ。お茶するだけだと思ったのに、ついついパスタも注文してしまった夏海と自分のデブ根性が、ちょっとだけ怨めしかった。

そんなじりじりした気持ちのたまみをよそに、夏海はパスタをがっつきはじめたの。そして、パスタをくるくる巻きながら言ったわ。

「やせたって、ずっと脂肪におびえながら、食欲と戦い続けるんス。つまり、中身はデブのまんまなんスよ。太ったことがない奴だって、中身はデブの奴、いっぱいいるんじゃないスかね。他人が太ったときに即座に指摘してくる奴なんて、てめぇが脂肪におびえてる証拠ですもん」

たまみは、ホームセンターにいたダイエットコーナーに群がる人々の顔を思い浮かべたわ。あの人達は、カー用品や観葉植物やキッチン便利グッズを物色している人とは、ぜんぜん違う表情を浮かべていた。免罪符を求めてお金を握りしめ教会へ向かう人みたいな、暗い苛立ちを抱えているような顔だったわ。

たまみがそれを話すと、「免罪符って、いいたとえっスね」と、夏海は手を叩いて笑った。

「免罪符なんて、ありもしない罪をでっちあげた教会の金儲けっしょ。ダイエットも似たようなもんかもしれないっスよね。デブなんて、罪でもなんでもないのに」

「たしかに、罪とはぜんぜん違うのに、罪みたいに責められるのがデブだよね」たまみは言ったわ。

「信者にとっちゃ、罪なんスよ」

夏海は、自分も昔はバカみたいにダイエットに金を使ってたと言ったわ。それで一時期はやせたんだけど、やせたらもっと太るのが怖くなったんだって。ダイエットした人がリバウンドする割合は7割以上だと知ったとき、まっ青になって震えたそうなのね。デブに戻ることは、地獄に墜《お》ちるのと同じだぐらいに思えてたから、太りやすい自分の体質が憎かった。太りやすい体質に産んだ親が怨めしくて、家で何度も暴れたらしいのよ。

でも、ふと、なんで太ってちゃいけないんだろうと思うようになったとたん、恐怖も憎悪もすとんと落ちて消えていったそうなの。

「この世の中で、デブって嫌われすぎなんスよ。ストレスでやせた人は心配されて、ストレスで太った人は嗤われてるんスよ。デブはそのぐらい嫌われてるんスよ。だから、ずっとおびえ続けなきゃならない。でもうち、別に嫌われるようなことなんにもしてない。なのに嫌うほうがバカなんじゃないかなって思ったんスよね」

夏海は、口のまわりを白いクリームソースだらけにしながら続けたわ。

「でもね、みんながデブだからってなんなのぐらいの気持ちになれれば、バカみたいにおびえなくていいし、傷つけあわなくてもすむわけっスよね。だから、うちらの敵は脱デブなんかじゃない。デブを嫌う気持ちそのものなんスよ。うちらのしてることは、いまだかつて、誰もやったことがない戦いなんス。『嫌い』を『好き』に変えていく戦い。これはね、リーダー。成功したら歴史に残りますよ。ハンパねぇ、ごっつい意義がある」

確信を込めてそう言い切った夏海の言葉は、底なし沼にはまった気分を水面まで引き上げ、光を見せてくれたわ。口のまわりはソースで真っ白だったけど。

私も夏海ちゃんみたいに、もっとしっかりしないと。

夏海に対して、リスペクトの念を抱いたたまみだったけれど、うまく言葉が出てこなかった。とりあえず、「口のまわりソースだらけだよ」と、教えてあげたの。

「あざっス、ぜんぶ食ってから拭きやす」夏海はそう言うと、パスタをうどんのように啜《すす》り、平らげて、水を一気に飲んだわ。それから言ったの。

「戦うって言っても、デモとか闘争みたいに戦っちゃだめなんス。フツーに戦うと、よけい嫌われるじゃないですか。嫌われないための戦いなのに、それじゃ本末転倒っスよね。うちらの戦いは、なんつったたって踊ることなんスよ。ダンスで世の中変えてくの。ダンスを見せて好かれていくことが戦いなんす。これ、サイコーっスよ。敗者のいない勝利に向けての戦いじゃないスか」

そう話す夏海の目の奥には、あいかわらず刃の光が輝いていたわ。けれど、スイスアーミーナイフのような凶々《まがまが》しい光じゃないということに、たまみは気づいたの。残忍さは感じられなかった。やわらかで、それでいて力強い、聖剣みたいな光だったのよ。

戦いに明け暮れた果てに世の無常を悟り、砂漠を放浪して神の光を見つけた戦士。たまみはそんなイメージを夏海に重ねたわ。よき子がもう少し長く生きられたら、傷を乗り越えてこんなことを言うようになったのかもしれないと、たまみは思ったの。夏海は的確に活動の本質を摑んでいると感じたのね。夏海の言葉のおかげで、気持ちを新たに再スタートできそうな気がしたわ。

たまみは、ウェットティッシュをバッグから取り出して差し出した。気持ち的には、1輪の白バラを捧げたんだけどね。

夏海はそれを受け取って口を拭い、「パフェも食いましょうか」と、人なつっこい表情で言ったの。

「食べる！」たまみは嬉しくなってそう答えたわ。

「つきあいで食うパフェって太らないって知ってた？」夏海はそう言って、笑顔を返した。

「夏海ちゃん、いい加減なことも言うんだね」たまみがそう言うと夏海は豪快に笑いはじめ、つられてたまみも笑った。カフェの中が巨デブの笑い声で満たされていったわ。

ふたりでチョコレートブラウニーパフェを食べはじめると、夏海はまた口のまわりをチョコレートだらけにしながら、「まぁ、脱デブしたってさ、生きてりゃたいていはまた太るんスよね」と言ったのね。それからふたりは、お互いの呆《あき》れるぐらいありがちなリバウンド体験談を披露しあったの。

「ほんと、やせて3ヶ月、太って3日っスよ。形状記憶デブ」

「やせるときはテクテク徒歩なのに、戻るときはジェット機だよね」

「ジェット機どころじゃないっスよ、どこでもドアっス」

「ハハハ、たしかに、どこでもドアだね」たまみは、目に涙を浮かべて笑ったわ。「それでもって、再デブ化しちゃって心がイナバの白ウサギ状態なのに、いろんな人から根性なしみたいに言われるんだよね」

「あっちこっちから矢が飛んできて、巨大ハリネズミっスよ」

「そうそう」

たまみには、なんだか夏海が昔からの友達みたいに思えてきたの。よき子とは最後まで友達になることができなかったけれど、生まれてはじめて同い年の友達ができた気がした。自分でもびっくりするぐらい、素直に自分の気持ちを言うことができたのね。

「ダメだね、私。すぐにブレて迷っちゃうから。でも、夏海ちゃんのおかげで、またヤル気でてきた。夏海ちゃんを見習って頑張るよ」

たまみがそう言うと、夏海はアニメ声に戻って言った。

「あたしなんか、まだまだでぇーす。妃都美さまと麗さまは、まーったく迷いませんよぉー。まさに、逆襲に燃える鬼ですー」

「そうだね、あのふたりは絶対、逆襲だとしか考えてない」たまみはまた笑って、パフェを口に運んだわ。


妃都美と麗は、すごくいいダンサーだったの。

まず、振りつけを覚えるのが早いのね。レッスンではふたりが真っ先に覚えてくれるので、後のメンバーたちはふたりをお手本にして踊ることが多かったわ。そしてふたりのすごいところは、動きのひとつひとつに迷いがないところなの。

他のメンバーだって下手なわけではないのよ。でも、妃都美と麗のようには踊れなかった。手を天に向けてまっすぐ上げるとき、尻をうしろに突き出すとき、他のメンバーは一瞬、わずかにもたつくのよ。かなり練習を積まないと、すっきりした動きにならなかったの。そこへいくと、妃都美と麗は動きのキレが抜きんでていたわ。他のメンバーみたいな迷いが一切ないのよ。

たまみが「すごいですね」と言うと、妃都美は「逆襲のために真剣に踊ってるのよ」と答えた。その横で麗は「フフフ」と笑った。

「まさに、鬼」たまみは、心の中でつぶやいたわ。チーム全体がふたりの負のオーラに染まらぬよう気をつけねばと、ちょっとだけ思ったの。

でも、学ぶ点もあった。迷いがないと丁寧にできるんだって、たまみはふたりを見て学んだの。ふたりの踊りは、迷いを克服するプロセスがないぶん、意識を指先にまで行きわたらせる余裕があるのよ。爪の先にまで神経が行き届いているから、踊りのなかに情感みたいなものが生まれるの。

池袋店のお笑い担当里香は、妃都美と麗の真逆だったわ。振り覚えが悪くて、いつもあたふたして大先生に怒鳴られてた。でも、里香はまじめなの。その日のうちにはダメでも、しっかり動画で復習してきて、次の練習のときにはちゃんとできるようになってるのよ。そんな里香がいじらしくて、たまみは里香の巨体に抱きついて揺さぶっちゃったことがあるのね。

大先生はデブが踊るということについて情熱的に研究してくれていたわ。そんな大先生にも想定外のことが、いくつか起きたの。そのひとつが、スピン（回転）よ。スピンはダンスに欠かせない重要な動きなんだけど、大先生ははじめ、デブにキレのある回転は無理だと考えていたみたいなのね。でもスピンがなければ、アイドルのダンスとなにも変わらなくなってしまうし、そこがちょっと悩みどころだったらしいの。

ところがよ、大先生が「独楽《こま》になったつもりで回ってごらん。独楽になるって、どういうことかわかる？　軸を体の中心に感じながら、軸をぶれさせないで回るんだよ。独楽は回ってる限り、軸がまっすぐに立ってるだろ」と、基本的なメソッドをみんなに伝えたらね、思いがけず、みんな苦もなく回りはじめたの。さらに大先生がコツを伝授すると、さらにキレイに回れるようになった。大先生は、回転するときは絶対に下を向いちゃいけないって注意したのね。下を向くと体が丸まって、まっすぐに立って回っていた軸がブレちゃうでしょ。そして、1回転して顔が前に戻ってきたときに、必ず回る前とおなじところを見ろと言ったの。戻ってきたときに見るポイントを決めてから回れって。「そうすることで、何度スピンしても目が回らなくなるんだよ」って教えたの。

コツを会得したデブダンサーたちは、ピルエットという1本足で回るスピンも、シェネと呼ばれる3歩ステップで回るスピンも、何回転しても軸がブレることはなかったのよ。

「脂肪による遠心力のおかげでしょうかー」夏海がおかしそうに笑うと、「それだな」と大先生はニコリともせずに言ったわ。ちょっと不服そうだったの。

「普通さ、初心者がスピンを覚えるのって大変なんだよ。なんだよ、あんたら。こんなにすんなり回ってさ」

先生は嬉しいときはああいう顔するんですよって、あとでアシスタントさんが教えてくれたんだけどね。

大先生が振りつける「連帯」を表現するダンスは、7人が敏捷な動きをしつつも万華鏡のようにフォーメーションを変えていくものだったのね。風車のようになったり、星の形になったり、波のラインになったり、Vの字になったり。

ひとりひとりの動きも複雑になるの。全員が同じ動きになったり、入れ子で違う動きをしたり、ソロがあったり、それが、見ている人が先読みできないぐらいの、息を呑む速さで展開していくのよ。もちろん、その間も全員が敏捷に動き続けなくちゃいけないのね。レッスンが進んでいくにつれて、大先生は日に日に厳しさを増してきていたわ。充分に揃ってるじゃないかと思えても、大先生はまだ全然バラバラで見られたもんじゃないと檄《げき》を飛ばしてきた。

「あんたらは脚がバーンと上がるわけじゃない。アクロバットができるわけじゃない。じゃ、なにで勝負するんだよ。世界一動きが揃ってるチームにしなきゃしょうがないだろ。じゃなかったら、デブが踊ったって、なんにも伝わりゃしない。なんの意味もない。いまのレベルで満足なら、あたしはつきあえない。みんな踊りなんかやめろッ。やめて豚舎に帰れッ」

大先生は、移動するのでもただ歩くんじゃダメだと言うの。列の前を歩いた人の足跡の上に足をおろせって言うのね。腕を突き上げるときは、全員同じ角度じゃなくちゃダメで、1ミリたりとも違ってちゃいけないって。ほとんど無茶振りでしょ。でも7人を見回してる大先生は、ひとりひとりのちょっとしたポーズの違いやタイミングのずれを絶対に見逃さないの。見つけると即座に、火を噴く吼えザルと化して怒鳴るのよ。

たまみは、彩香ちゃんが「あの先生、人間性まで否定してくるんだもん」と言ってた意味を知ることになったわ。

「ミユッ、あんたデブ以前に自分勝手すぎるッ。ほら、まわり見てるのか。全然見てねぇじゃねぇか。踊るときはまわりを見るんだよ。ほら、また見てない。自己中デブ。ひとりで踊るほうがラクなのか。じゃぁ、ひとりで踊ってろ！」

ミユは大先生に怒鳴られて、「ひゃん」と叫び太い首を縮めたわ。子どもの頃、踊り仲間に入れてもらえなかったミユは長年ひとりきりで踊ってたの。だから周囲と呼吸を合わせるのがニガテなのね。

「里香！　あんたデブ以前に慌てすぎだ。できないのを慌てるふりでごまかすな。甘えだ、そんなものは。腹がタレてる上に甘ったタレるな。甘えたいなら田舎に帰れ！」

甘えたいなら田舎に帰れと言われたことが心の何かに触れたらしくて、里香はサーッと青くなった。

リーダーのたまみも、例外じゃなかったわ。

「たまみッ！　あんたデブ以前に自信なさすぎだッ。あんたがおどおどするから揃わねぇだろ。全員が揃うことより責められないことのほうが大事なのか。それでなにがリーダーだ、もうやめろッ」

たまみにとっては、突き刺さる一言だった。だって、いままで自信なんか持ちようがなかったんだもの。思わず、しゃがみ込んでしまいそうだった。

でも、大先生がいちいち「デブ以前に」って言うのはなぜなのか、考えてみないといけないと思ったの。へこみそうな気持ちを奮い立たせて、自信というものについてちょっと考えたのね。

いろいろなことを頑張って自信をつけることは、太ってたってできたかもしれない。私はこれまで、あれもこれも自分がデブであるせいにして自信をつけることをサボってたのかもしれないなと考えることができた。

大先生の言葉はたしかにきついけど、ちゃんとひとりひとりの核心を突いてる。いい作品を創るために乗り越えなきゃいけない課題を、ひとりひとりに示してくれてるんだ。きっと、その人その人の問題点が踊りにあらわれるんだろう。それが、大先生には見えているに違いない。

怒鳴られても怒鳴られても、たまみの大先生を信じる気持ちはいや増したのね。

最年長で唯一の子持ちである万希は、さすがママだけあって、やることはしっかりこなしていたわ。振り覚えも早いほうだった。彼女のせいで全員の動きが乱れるようなことは、ほとんどなかったの。そんな万希でも、大先生の怒号を免れることはできなかったのね。

「万希ッ、あんたデブ以前に自分にイラつきすぎだッ。イラついてるから踊りが散漫になるんだろ。イラついたって、なにか状況が変わるのか。なんも変わらねぇだろッ。目の前のことに集中しろッ」

万希は、動きを止めてしまったわ。必然的に全員が踊れなくなって、万希に注目したの。万希は顔が青白くなってた。蒼白になったその顔の内部が、噴き出す寸前の灼熱の溶岩になってるみたいだとたまみは感じたわ。

「変えられないからイラついてるんです」万希は、ぼそっとつぶやいた。聞き取れなかったらしくて、大先生は「えっ？」と言って顔をしかめたのね。そしたら万希は、いきなり絶叫したの。

「てか、いちいち全部にデブ以前にってつけんじゃねぇよッ」

みんな、どうして万希がいきなり嚙みついたのかわからなかったわ。万希と大先生がものすごい形相で睨みあってしまったので、全員が震えあがったの。万希は女子刑務所から出所したばかりの元プロレスラーみたいな大迫力の巨デブだし、大先生は華奢な体だけど波動拳でクマを倒しそうな気迫女でしょ。メンバー一同、みんなデブの石像と化す以外なかったのよ。

大先生はでっかい目で万希を見据えて言ったわ。

「そんなふうにキレるところを見ると、本当にイラついてたみたいだね。あんた、30歳だっけ。そんな顔すると35歳に見えるよ」大先生は上からものを言わない人なんだけど、口の悪い大親友みたいに苦い言葉をぶつけてくるの。それでいくら損をしようと、直球だけを投げることを選択してきた女なのよ。

「あんた、舞台をナメてるの？　ダンスはね、脚さえ上がりゃいいなら稽古すりゃ上がるようになる。3回転スピンだって、必死で練習すりゃたいていの人はできるよ。でも、それだけで通用すると思ったら大間違い。舞台ってのはね、人間性が出るんだよ。どんだけのものを乗り越えてそこに立ってるのかが、全部出る。脅しじゃないよ、本当に出ちゃうんだよ。舞台は、恐ろしいところなの。そんな恐ろしいところにさ、イライラ女が登場したって、お客があんたに心を開くと思う？　お客があんたを好きになると思う？　みんな、あんたの機嫌とるために生きてるんじゃないんだよ。自分のイライラを取り繕いもしないで生きてるなんて、自分を甘やかしてくれ、なにも言わなくてもわかってくれって言ってるようなもんだ、甘えんじゃないよ、30歳ッ」

万希は聞いているうちに顔から表情が消えていって、なんだか万希全体が鉱物のような感じがしたわ。肌の色もなんとなくドス黒くなっていった。メンバーは、未知の異物を見ている気持ちになった。そのうちこの鉱物のような顔から毒ガスでも放出されるんじゃないかと、みんなパニック映画みたいに逃げまどいたくなったわ。

メンバーたちのそんな顔を見やることもなく、万希は無表情のままでバッグをつかむと、そのままスタジオから出て行ってしまった。バタンという、ドアを閉める音が静けさの中に響いたわ。大先生は、別にこんなこと慣れてますみたいな感じでそのままレッスンを続けたの。

9

次のレッスンにも、そのまた次のレッスンにも、万希は来なかったの。

勤め先のJカップクラブ池袋店にはいつも通り来ているとのことだったので、たまみは、同じ池袋店のミユと里香に頼んで説得を試みてもらったわ。でも、ふたりはそろって失敗した。「うるせぇよ」の一言で撃墜されたそうなのね。

ミユと里香は、巨体を寄せ合ってそのときの恐怖体験を振り返った。

「無表情のまま人を斬り裂く殺人鬼の顔をしてたのさぁ」

「豚《とん》コマにされて売られそうだったですぅ」

ナミダ目で語るふたりに、肉の女王・妃都美が「不甲斐ないブタどもですこと。もっと泣きついて揺さぶってケツに齧《かじ》りついていらっしゃいよ」と言って冷笑したわ。だけど池袋側の言い分を聞くと、そうもいかないらしいの。あんまりおおっぴらには説得できないんだって。

池袋店には「週刊Jカップクラブ」とあだ名されてる噂好きのデブ嬢がいて、そいつに少しでもギスギスした空気を嗅《か》ぎつけられちゃうと、あることないこと言いふらされて店全体に引火する恐れがあるそうなのね。最年長デブ嬢の万希は、池袋店内での自分の居場所確保みたいなことにすごく神経質なの。そんな状況になれば、きっと怒り狂う。万希は滅多に怒らない女なんだけど、怒ったときの火力は相当なんだって。

「たぶん本当に死人が出ますぅ」という里香の言葉に頷きながら、ミユは「血祭りにあげられた巨デブが、西口公園の街灯に吊《つる》されることになるさぁ」と震えたわ。

「ここはイッパツ、リーダーの私がハラを決めなくちゃ！」たまみは、自分を奮い立たせた。万希が来なくなって4回目のレッスンのあと、大先生に宣言したの。

「こうなったら私、自宅に突撃します」

「突撃っていうか、奇襲だね」大先生はでかい目を見開いてたまみを見た。そして目を輝かせて「あたしも行く」と言ったわ。サルの干物のくせに好戦的なの。

ちょうど近くにいた里香が、「あたしも、ご一緒したいですぅ」と言ってきた。それじゃあ大先生が巨デブに捕まった宇宙人みたいに見えちゃうなぁと思いながら、たまみは「よろしくお願いします」と言ったの。

万希のアパートは、池袋から西武線で30分ほどの住宅街にあるのね。

待ち合わせ場所の池袋パルコ前で、たまみは大先生と里香を待っていたの。

家に奇襲をかけたところで、万希が心を開いてくれるかどうかはわからない。最悪の場合、このまま万希はJカップクラブ&シードを脱退してしまうかもしれないわ。でも、たまみはどんな結果になるとしても、親睦会のときに万希に感じた翳りの正体を知りたかった。その翳りがデブであることに由来するのであればなおさら、自分にはそれをつき止めて一度は体当たりする義務があると思ったの。リーダーとしての使命感に衝《つ》き動かされてたのね。

大先生が手を振りながら現れてすぐ、里香が小走りにやって来た。里香は、両手にちいさな紙袋をひとつずつ持っていたわ。

「なんか、油の匂いしない？」大先生が、鼻をヒクつかせながら言った。

「ミユちゃんがサーターアンダギー作ったんですぅ。万希さんのお子さんにあげてって託されたんですけどぉ」里香は、おずおずと答えたわ。

電車の中で巨デブが油の匂いを放つなど、そんなこと許されるのか。たまみは一瞬ちょっと憂鬱《ゆううつ》になったけど、すばやく気を取り直したわ。

「そっちの袋は？」改札に向かって歩きながら、大先生はまた里香に聞いたの。

「ああ、これは、あたしがクッキー焼いたんですぅ。バターたっぷりでおいしいですよぉ」

「油まみれかよ。万希んち、燃えるぞ」大先生はそう言って笑った。「でも、クッキー作れるなんてすごいね。あたしには死んでもできない」

「本当はケーキが得意なんですけどぉ、クッキーのほうが日持ちするからいいかなと思ったんですぅ」里香はかわいい八重歯を見せて、照れくさそうに笑ったわ。

里香が万希宅への奇襲攻撃に参加したのは、リーダーのたまみと落ち着いて話をするチャンスだと思ったからだったそうなのね。前からたまみと話をしてみたかったんだけど、ぐいぐいアプローチしていくなんて東北地方出身の自分には無理だったと里香は言ったわ。たまみはリーダーとして、里香にコミュニケーション不足を感じさせていたことが、ちょっと申し訳なくなった。万希のアパートに向かう電車の中で、たまみは里香の身の上話を聞くことにしたの。

里香の地元は東北の田舎町で、短大を卒業したあと地元で保育士になったそうなのね。

里香は子どもが大好きだし、子どもの方も太った女性がけっこう好きだったりするから、これは天職だと思ってたんだって。ところが、ちょっとモンスターっぽい保護者から「自己管理もできない肥満体の保育士に子どもを預けたくない」なんて、昔のアメリカかよみたいなクレームがついたの。けっこう暴れてくれたそうなのよ。

園長は気にするなと言ったんだけど、モンスターに同意する保護者もちらほらいて、ちょっとした騒ぎになっちゃったのね。平和を愛する保護者って、そういうとき積極的には声を出さないものでしょ。里香を糾弾する声だけが園内に響いてしまったの。自分がデブであるせいで園長やほかの職員を困らせていると気がしてきて居づらくなった里香は、保育園をやめてしまったそうなのよ。

東京で暮らしたいって里香が言い出したとき、ご両親は大反対したそうなの。でも地元じゃ他に仕事を見つけられそうもないし、嫁のもらい手なんて銀河系には存在しないと思うし、東京に行けばなにかの奇跡で777が揃って確率変動に突入する可能性があるかもしれないと言って、反対を押し切ったそうなのね。

「じゃあ、あんたがキャバ嬢やってるって、ご両親は知らないの？」大先生がそう聞くと、里香は眉間をコイル巻きにしたわ。

「ばれたら、やばいですぅ。殺されて煮込みハンバーグにされます。東京で保育士やってるって言ってあるんですよぉ」

ただのハンバーグじゃなくて煮込みハンバーグというところが妙にリアルで、たまみは3分間、煮込みハンバーグのことしか考えられなくなったわ。

万希の家の最寄り駅で電車を降りた3人は、スタバでラテのテイクアウトを買ってから、携帯電話のナビを頼りに万希の家を目指して歩いたの。緑があんまりない街だったわ。空が曇っているからかもしれないけど、街全体がどんよりした印象だった。

万希のアパートに着いたとき、想像していた住まいとあまりにもかけ離れていたので、3人ともちょっと黙ってしまったの。人気キャバ嬢なんだから、もうちょっとちゃんとしたマンションに住んでいるんだろうと勝手に思っていたのね。

でも、実際は違った。万希の住まいは、今にもぶっ潰れそうな安アパートだったわ。入り口の石段は苔《こけ》むして崩れかかっていたし、階段の手すりの金属部分はほとんどが錆《さ》びてた。ひびが入ったコンクリートの外廊下に、誰かの洗濯機がフタを開けたまま置かれてたの。猫のうんこでも鳩の死骸でもなんでも入れちゃってくださいって言ってるみたいに。

万希の部屋は1階だったの。往来から覗《のぞ》かれやすい1階は女性の多くは避けるんだけど、子どもがいるから1階にしたのかもしれないわね。子どもと巨デブが2階に住んだんじゃ、安眠妨害された階下の住人が怨霊と化して母子を追い出しかねないから。

万希の部屋のドアは、木目調の化粧板を貼ったいかにも薄そうなドアだった。万希の苗字のアルファベットシールが貼られた、象の親子の木彫りのプレートが表札がわりにぶら下がっていたわ。ドアチャイムはなかったから、たまみはドアをノックしたの。

しばらくして、「どちら様ですか」という万希の無愛想な声が聞こえてきた。

「万希さん、たまみです。突然来ちゃって、ごめんなさい。ちょっと、顔が見られないかなと思って」

たまみがそう言うと、長い間があいたわ。それから、「散らかってるんで、いまちょっと」という重たい声が返ってきた。

そのとたん、大先生が「じゃあさ、お茶につきあってよ。支度できるまで待ってるからさ。そんなに時間とらせないって」と、明るめのしゃがれ声を出したの。そしたら、また長めの沈黙があったのね。まさか大先生まで来てると思わなかったから、万希は戸惑ったのよ。それからドアがガチャリと開いて、万希の巨顔がにゅっと出てきた。里香もいたことに、さらにびっくりしたみたいだったわ。

「実はさ、駅前のスタバでラテ買ってきたんだよね、ほら」大先生はそう言ってスタバの袋を掲げて見せたの。

「お茶につきあってとは言ったけど、カフェに行こうとは言わなかったよな、この人」と、たまみは思ったわ。こう言われちゃったら家に上げないわけにはいかないじゃない。「食えないオバサンだな」と、たまみは思ったの。

小さな玄関で巨体を折りたたみ、靴をそろえてから居間に上がると、家の中はけっこう片づいていたのね。子どものものがちょっと散らかっているくらいだったの。たまみはトイレを借りたんだけど、飾りはなくても掃除は行き届いてた。

「なんか、油の匂いしない？」万希は鼻をヒクつかせて言ったわ。

「ああ、ミユがサーターアンダギー作ったんですぅ、お子さんにどうぞって」里香は紙袋を万希に手渡した。「それとぉ、あたしが作ったバタークッキー。おいしいかどうかわかんないけどぉ」

「ああ、そりゃ有り難う。悪いね」

万希は紙袋を受けとって匂いをかぐと、キッチンに持っていった。

万希はボロアパートに住んでいても、お客にお持たせを出す女じゃなかったの。スナック菓子をのせた菓子皿を持ってきて、ちゃぶ台に置いたのね。

子どもが大好きな里香は、飾ってある進一郎の保育園時代の写真とか、進一郎が図工の授業で作った作品とかを見るたびに「かわいいっ」を連発したわ。さらに万希と保育園あるあるみたいな話で会話の糸口を作ったの。ラテが冷める頃にはついに、DV夫から逃れてここに住み、数々の苦労を重ねてきたことまで万希に話させた。アウェー感しかないようなこの場に里香を連れてきたのは大正解だったと、たまみも大先生も思ったの。たまみと大先生だけじゃ、そんなこと逆立ちしたってムリだったわ。

「けっこう、壮絶だったね」大先生は万希の話を聞いて、そう言った。「巨デブはスーパーで万引きを疑われる」という万希の話を、ずっと忘れないだろうとたまみは思ったの。

万希の話にちょっとしんみりした空気が流れたときよ。黒いランドセルを背負った進一郎が、学校から帰ってきたのね。

万希が「進一郎です」と、3人に紹介したわ。そして進一郎に「挨拶しなさい」と言ったの。進一郎は誰とも目を合わせないで「こんにちは」と言ったけど、笑顔もはにかみもなく無愛想だったのね。知らない間に知らない人が家に上がり込んでいたのがイヤで仕方がなかったみたい。万希のアパートには居間とダイニングキッチンしかないんだけど、進一郎はプイッとダイニングのほうに行ってしまったの。

「次のレッスンのことなんだけどさ、いよいよ……」

大先生が本題を切り出そうとした、その瞬間のことよ。

大先生の声を遮って、進一郎の怒号が部屋いっぱいに響いたの。

「オレのポッキーがないッ」

声の大きさにビックリして、たまみは食べかけのポッキーを喉に突っ込みそうになったわ。万希が立ち上がってダイニングに行こうとしたら、進一郎が居間に駆け入ってきたの。

「ああ、ごめん。お客さんに出しちゃった」万希がそう言うと、進一郎は怒りで顔を真っ赤にしたわ。

「サーターアンダギーっての、もらったんだよ。沖縄のお菓子」万希はそう言って紙袋を持ってきて差し出したの。「おいしそうでしょー、手作りだよぉ」里香が保育士の口調になって言ったのね。

だけど進一郎は喜ぶどころか「油くせぇ、食えねぇッ」と言ってさらに逆上したの。窓から投げ捨てんばかりだった。たまみたち3人は心の中で、製作者のミユに黙禱《もくとう》を捧げたわ。

万希は、里香が作ったバタークッキーは進一郎に見せなかった。作った本人の目の前で進一郎が拒否することを避けたのね。

「あとでポッキー買ってあげるよ」万希はそう言ったんだけど、進一郎の怒りはぜんぜんおさまらなくて、万希のふくらはぎを蹴りつけたの。何発も蹴ったのよ。

「児童館に行ってきな」万希は顔色を変えずにお財布を開けて、500円玉を1枚渡したのね。進一郎はぶんむくれたまま出て行ったわ。万希が出してくれたポッキーを遠慮なく食べていたたまみと里香は、スーンとなってしまったの。

どうすることもできないような空気になって、みんな、言葉も出なかったわ。

「子どもだもん、そういう時あるよね」長い沈黙を破ったのは、大先生だった。

「子育てしたことあるんですか？」里香が聞くと、「ないけど、あたし、元子どもだからさ。意外でしょ」そう言って大先生は笑ったのね。

「学校で、いじめられてるらしいんですよ」万希は、ちょっとうなだれた感じで言ったの。

「おまえの母ちゃん化け物とか、ブタの子どもとか、言われてるらしいんだよね。学校が動いてくれて、暴力を受けることはなくなったみたいなんだけど、やっぱりからかわれたりしてるみたいなんだ」万希は、小さな声で言ったわ。「あたしのせいなんだよね」

たまみは、万希をじっと見つめた。万希が抱える翳りの実体が初めて見えてきた気がしたの。

「あたしが脱デブすればいいんだろうけど、暮らしてられるのはデブ専キャバクラのおかげでしょ。デブ専キャバクラだからあたしみたいな女でも通用しているわけで、やせて普通のキャバクラ行ったって雇ってもらえないよね。水商売じゃなかったら、手に職もないシングルマザーにまともな給料をくれるところなんかないし、子どもを進学させりゃ金かかるわけでしょ。そう考えると、デブでいるしかない。でもさ、子どもにとっちゃ、親がデブなんてイヤだよね。その気持ちもわかるんだ」

これはちょっと、ホームセンターで巨ケツを轢かれるとかそういうレベルの問題じゃないと、たまみは思った。自分がデブであることで、大切な人が、ましてや幼い我が子が攻撃されたら、はたして耐えられるものだろうか。

「なんにしても、このままじゃダメだよね。なんとかしないとさ」喉を絞められているような声で、万希はそう言った。

「じゃあ万希さん、脱デブするんですか」

たまみは、万希がよき子のような無茶なダイエットをするところを想像してしまって、蒼くなってしまったの。我が子を思う切実な気持ちにつけ込まれてほしくないと思った。こんなふうに追いつめられた気持ちで脱デブすると、いくらでも無茶をしてしまうものね。

万希は、言おうか言うまいかためらってから、やっぱり口を開いた。

「この前ね、進一郎が父親と暮らしたいって言ったんだよ。あたしといるのは、もういやだって。ちょっと言い争いになったときだったから、弾みで出ちゃったのかもしれないけどさ。そんなこと言われたの初めてだったから、ショックだった。やっぱりあたし、このままじゃいけないんじゃないかって思っちゃって」

みんな、再び黙ってしまったわ。

どうするのが正解なのか、誰にもわからない。だから、なにも言えない。万希がどっちへ進むのか、ただ見ていることしかできない。そう思うとたまみは、思考が停止してぼんやりしてきそうだった。たまみは軽く頭を振って窓を見たの。

どんより曇っていた空に、いくぶん晴れ間が見えてきていたわ。

部屋の中に、すこしだけ陽が差し込んだ。大先生のウェーブのかかった豊かな髪が、陽に当たって輝いて見えた。

「あんたさぁ、もともと踊るの大好きだよね。ダンスを見てるとわかるんだけど」大先生は、おもむろに低いしゃがれ声でそう言ったわ。

「見たとこ、メンバーの中で、あんたがいちばん踊りが好きだね。踊る前は不機嫌な顔してても、ダンスが始まると大喜びしてるのが伝わってくるんだもん。わかるんだよ、そういうの」

大先生がそう言うと、万希はすこし困ったような顔をしたの。「すいません」と万希が小さく言ったので、大先生は「なんで謝るの？」と笑った。

「あんたさ、踊るのって、初めてじゃないでしょ。子どものときに一度習って、2年ぐらいでやめてる。そうだよね」

万希は、占い師に過去を言い当てられたような顔で「はい」と言ったわ。

「バレエだね」

「はい」

「どうして、やめちゃったの？」

「小田原のバレエ教室の先生が、なんか、あたしにだけ冷たくしてきて」

大先生は万希から目をそらさないまま、まばたきもせず、すこし間をあけて訊《たず》ねた。

「どうして冷たくされたんだと思う？」

万希は、ちょっと声を曇らせながら答えたの。

「あたしが太ってきて、みっともなくなったからだと思う」

たまみはため息をついたわ。里香も、「ひどい先生」と言いたげに眉をひそめた。

「で、悪いのはどっちだったと思う？　あんた？　先生？」

万希はずいぶん長く黙った。それは答えが出ないからじゃなくて、脳内ではとっくに出ている答えを口にするのが怖いみたいな感じだったわ。でも、みんなが万希をじっと見て根気よく返事を待ったものだから、万希は歯切れ悪く話しはじめたの。

「その教室は特に、プロダンサーをバンバン輩出するようなクラスじゃなくて、子どもに踊る楽しさを伝えましょうってクラスだったし。でも先生は先生で、太ってるあたしが発表会とかに出ると他の親からいろいろ言われちゃうみたいだったんだけど、でも、でも、あたしにはそんなことわからなかったし……」

「悪いのはあんただったのか、先生だったのか、どっちだと思うか訊いてんだよ！」

大先生の大声につられて、「先生だよッ」と万希から本心が噴き出したわ。

「あたしは踊るだけで楽しかったし、先生が大好きだった。でも、先生はあたしを突き放したんだ。生きてて楽しいことなんて、バレエしかなかったのに。でもみんな、太ったあたしが悪いって言うんだ。親だって、一緒に通ってた仲良しの子だってそう言った。だから、黙るしかなかった。なにも感じないようにするしかなかったんだよ」絞り出すような声だった。

「じゃあ、今のこの状況は？　悪いのはどっち？　あんたの息子をいじめる奴と、あんたと、どっちが悪いの？」

万希は、口をつぐんでしまったわ。

たまらなくなって、たまみは口を挟んでしまったの。

「万希さんは悪くないです。なんにも悪いことなんてしてない。デブがバカにされるのは、デブが悪いんじゃない。デブだからってバカにするほうが悪いんです」

こう言えるまで、どれほど時間がかかっただろう。そう思うと、たまみは話しているうちに泣きそうになってしまったけれど、こらえながら最後まで言ったわ。

「バカにする人とされる人、どっちが悪いかって言うなら、バカにするほうが悪いに決まってるじゃないですか。いじめていい人なんて、この世にいるわけないでしょう。いじめる側に問題がないわけないじゃないですか。当たり前のことなのに、人はデブに対してはそう思ってはくれない。デブにやせろと言うだけです。いじめる人間は何も言われなくて、いつもデブ側が努力して解決することを強いられるんです。危険な努力であっても、やらざるを得なくされるんです。追いつめられるんです。でも万希さん、忘れないでください。万希さんは、これっぽっちも悪くないです」

「そうですよぅ。万希さんはいいお母さんだよ」里香はすでに泣いていて、声を震わせていたわ。「そんなふうに子どものために悩んで、頑張ってるじゃないですか。それだけで素晴らしいお母さんですぅ」

　万希はうなだれていたけれど、ずいぶん間をあけてぽつりと言ったわ。

「そうだね、たしかにあたし、悪いことなんてしてない」

「進一郎くんにさ、そのことわからせようよ。それしかないじゃん」

　大先生は真剣な顔でそう言った。

「親がデブでなにが悪いって、進一郎くん自身が思えることがいちばん大事じゃないの。

そこが変われば、いろいろなことがくっついて変わってくるよ。大切なのは、あんたが揺らがないこと。デブでなにが悪いってあんた自身が思わなきゃ、進一郎くんがそう思えるわけないじゃん」

　大事なのは、揺らがないこと。

　進一郎の預かり手さんもそう言っていたのを、万希は思い出したわ。万希は窓のほうを見つめて、ゆっくり言ったの。外の光が万希の顔の正面から差し込んで、目の中に光が映り込んでた。たまみはその光を見て、「希求」という言葉を思い出したの。

「神様はね、やってない宿題は必ずやらせるって思ったんだよね。進一郎がいじめられてるって知ったとき、そう思ったの。子どもの頃にいくらデブいじめされても、あたしは何も考えてこなかった。ただただ我慢してれば時間は過ぎていくんだからってやりすごしてたんだ。でも、そのツケが進一郎に回ってきてしまったって思って、うろたえたの。毎日泣いた。あたしが悪いんだって。あたしがちゃんと自分がデブだって問題を片づけてこなかったから、かわりに進一郎がこんな目にあってるんだって。神様はいちばんの泣き所を知ってて、ちゃんとそこを突いてくる。どんな痛みを与えてでも宿題をやらせずにはおかないんだって。でもさ、あたしさ、たった今、思ったんだけどね」

　万希は3人に顔を向けたわ。そして言ったの。

「宿題って、単にやせることじゃないのかもしれないよね。やせるよりも大事なことがある」

たまみは、「そうだと、私も思います」と言ったわ。

「かっこいい万希さんを、進一郎くんに見せましょうよぉ」里香がそう言って、頷いた。

大先生がにっこり笑って言ったわ。

「近いうちに、あんたたちの初舞台をやろうと思ってるんだよね。うちのスタジオ全体の発表会があるからさ、その中の一部として出演するんだよ。次のレッスンから、いよいよ本番に向けての振りつけに入るからね。あんたも重要なメンバーなんだから、来なくちゃだめだよ。来るよね？」

「はい」と万希は、短く返事をしたの。

10

初舞台が決まってからというもの、大先生の指導は「この人壊れてるんじゃないか」ってぐらい厳しくなった。ダンサーが泣こうが漏らそうが、おかまいなしなの。ダンサー達は火焔《かえん》を吐くサルの干物によって次々と火だるまにされた。優秀なダンサーである妃都美と麗さえ容赦なく砲火を浴びたわ。

　ある日、スタジオのトイレから、ゴジラの遠吠えみたいな声が響いたの。ミユが泣きながらトイレの個室に閉じこもってしまったのよ。扉の前では、6人の巨デブが立ち往生していた。

「ミユ、いいから出ておいでよ」「ちょっと話そう、話せば落ち着くって」たまみ達の必死の呼びかけはことごとく逆効果みたいで、個室から轟きわたるミユの号泣は激しさを増す一方だったわ。

「無理もありませんわ」妃都美がため息まじりにそう言った。そして麗とヒソヒソと暗黒なささやきを交わしはじめたの。

「大先生は最近、正気じゃありませんもの」

「あのサル殺しちゃおうか」

「だめですわ、さらに強くなって生き返りますことよ」

たまみは地声の小さい女だけど、ありったけの声で叫んだ。

「とにかく、お願いだから出てきて、ミユちゃん！」たまみの必死の声も、籠城《ろうじょう》中のミユには届かないみたいだったわ。

　ここのところ、たまみはリーダーとしてきりきり舞いさせられてたの。レッスンが壮絶すぎて、事件に次ぐ事件だったからなのよ。夏海が壊れて叫びながら近隣の予備校に乱入した事件とか、里香が噴き出したおびただしい鼻血でスタジオがホラー化した事件とか。

そんな中で唯一の癒やしは、里香が作ってきてくれるシフォンケーキだったりロールケーキだったりしたの。みんな「プロ並みにおいしい」と絶賛してたのね。

ミユも負けじとしょっちゅうサーターアンダギーを作ってきたんだけど、かわいそうにミユのサーターアンダギーは「油がちょっと胸焼けしそうで」と言って、みんなあんまり手を伸ばさなかったの。あまったのをミユは「ほかのチームのダンサーに配ってください」と、スタジオの事務室に差し入れするんだけど、ダンサーは太るのを恐れて揚げ物なんて食べないわ。サーターアンダギーは放置されて、事務室全体が油くさくなったのね。それでもミユはまた作ってきちゃうのよ。

そんなこんながある中で、その日のレッスンで大先生の生け贄《にえ》にされたのは、ミユだったわ。

ミユが周囲の踊りをぜんぜん見ずにひとりで踊ってるみたいなのを、以前から大先生は厳しく指摘してた。あんまり直らないもんだから、大先生はついに大噴火したわけなのよ。

「泡盛《あわもり》ぶっかけて焼くぞ、てめえッ」

大先生の怒号にミユは、「ヒュン」と声を上げて首を縮めたんだけど、まぁ、首なんてないでしょ、それが肉の中に顔を埋めて隠れようとするかのように見えて、さらに大先生の逆鱗《げきりん》に触れたの。

「油くっせぇサーターアンダギーみたいに揚げるぞ、バカ野郎ッ」

すると、麗が「サーターアンダギーって豚脂で揚げるんだよね、フフフッ」とつぶやいた。ミユはいきなり肉の中から顔を出して怒りをあらわにしたわ。

「サーターアンダギーは沖縄の誇り、うちの魂さぁッ。侮辱したら許さないさあッ」ミユは大声でわめくと、トイレに駆け込んでしまったのよ。

そして1時間が経過した。

延々とミユの泣き声が轟く中、みんながほとほと困って沈黙したところに、大先生は鬼の形相でトイレに入ってきて、巨デブの群れをかき分け個室のドアをガンと蹴ったわ。

「てめぇ、やっぱりひとりが好きなのか。じゃあ便所でひとりで踊ってろッ。出てくんな、この巨大ギボまんじゅうッ」先生が怒号を発すると、ミユはみんながこめかみに痛みを感じるぐらいの大音響で慟哭《どうこく》した。

「腹が減ったら出てくるだろ。ほっときな。練習するよ」大先生はくるりと背中を向けてスタジオに戻っちゃったのね。

それからきっかり45分後に、ミユが本当に「おなかすいたさぁ」と言って出てきたので、みんな爆笑したわ。

さまざまな事件にリーダーとして対応しながらも、たまみは、発表会に向けて具体的な準備をすすめなくちゃならなかったのね。なんといっても、悩ましいのは衣装。最大の課題だったわ。

「露出の多い服はやめとくか」大先生はそう言った。

たまみも賛成だったの。どれだけみんなが動きを揃えていようと、お客さんが腕や脚の肉のダブつきから目を離せなくなってしまったら台無しだもの。

全員の動きが1ミリもズレていないことが視覚的によくわかるように、衣装はモノトーンのお揃いのものにしようという話になった。大先生は、体のラインがむき出しにならないシャツドレスに、黒のレギンスを合わせようと言ったわ。靴は、みんなが持ってる黒のダンスシューズでいいんじゃないかって。

「シンプルすぎないですか。寝間着みたいですよね」と、たまみは言った。

シャツドレスなんて巨デブが着たら、ヘタすりゃテントよ。オバQよ。

大先生は唸《うな》りながら少し考えて、「アクセサリーは危ないから、だめだな。シャツドレスに金色の刺繍《ししゅう》があるといいねぇ」と言ったのね。

巨デブが着られるサイズで、金の刺繍が入ったシャツドレスなんて、ましてや7着もお揃いで入手するなんて、徳川《とくがわ》の埋蔵金を掘るぐらいの覚悟じゃないと探せないわ。たまみは困り果てた。

ところが、救いの手は意外なところから差しのべられたのよ。

「衣装はどうする予定ですの？」と聞いてきたのは、メンバーの妃都美だったの。実は悩んでると打ち明けると、妃都美は艶然《えんぜん》と微笑んだ。

「それなら、心配なくてよ」

その翌日、いきなり妃都美と麗と夏海、新宿店3人のお母さん達がスタジオにやってきた。洋裁はお手の物といった感じの3人の母は、慣れた手つきでメジャーをシュッと伸ばし、メンバー全員の寸法を測ったわ。そしてスタジオの外の廊下で作戦会議を開くと、あっという間に全員が合意してたのね。まるで、メジャーを持った彗星《すいせい》よ。

「とにかく時間がないから、それぞれの得意分野で分担しましょう。型紙から裁断までは、あたし早いの」

「じゃあ縫い合わせは2人でやるわ」

「刺繍は、全員で2着ずつやりましょう。パターンをあたしが起こすわね」

「早く終わった人がもう1着やればいいわよね」

「レギンスは、あたし安いところ知ってるから、まとめて買ってくるわ」

新宿店の3人は、いずれも自宅娘だったの。位置的には千葉県と埼玉県の2県にまたがってバラバラなんだけど、最寄り駅が同じ路線の沿線なのよ。これまでのレッスンの間、3人はお互いの家に遊びに行く仲になっていて、お母さん同士も連絡をとりあったり物を贈りあったりするようになっていたのね。

妃都美のお母さんはもともと洋裁ママで、娘の洋服をずっと作り続けてきたの。かわいいデブ服って、あんまり売ってないでしょ。でも女王様風の衣装作りには抵抗があって、ほとんど作れなかったそうなのね。「ダンスの発表会があるなら、衣装を作らせろ」と、妃都美にうるさく言ってきてたんだって。

麗のお母さんは、麗との関係がよくなくなったのが悩みだった。モデルをやめた直後、病んだクジラみたいになっている娘にガミガミ言いすぎたって、ちょっと反省していたの。ダンスをはじめたことで麗が変わってきていることが有り難かったって言ったわ。

夏海のお母さんは本当に明るい人で、楽しいことがあるならなんでもやりますと参加表明したらしいのね。

3人の母は勇ましい足どりで、布地を選びに池袋に向かっていったわ。

「もうできたんか！」

大先生がそう叫んで仰天するぐらいのスピードで、衣装ができあがってきたのね。３人のお母さんがどれだけ一心不乱に作業したのか、できばえとスピードが物語ってた。

白いシャツドレスには金のパイピングと刺繍が見事に施されてたの。

「ウン万円はするように見えるね」と、ミユが思わず言ったわ。

シャツドレスという当初の予定だったけれど、百合《ゆり》をモチーフとした金糸の刺繍があまりにも見事で、金色のレースで細工されたロングジャケットのように見えたのよ。袖のところには、目立ちはしないけれどかわいいハート形の金のボタンがついていたわ。背面の裾には、やはり目立たないようにメンバーそれぞれの名前が刺繍されてたの。たまみは、ＴＡＭＡＭＩという文字を見つけたとき、思わず涙が出てきてしまって、ものすごい急ブレーキで我慢したら鼻の周りが痛くなるほどだったわ。

全員が衣装を身につけてスタジオに入って行ったときの３人のお母さんの表情には、メンバーみんなが泣きそうになった。

特に麗のお母さんがハンカチを顔にぎゅっと押し当てて肩を震わす様子は、いじらしくてメンバー7人で抱きしめて、押し潰してしまいたくなるぐらいだったわ。

麗のお母さんは、モデルになるほど美しかった娘が巨デブになっていくとき、自分を痛めつけるかのように食べ続けるのを見て、おびえたそうなの。自分のせいなんじゃないかと思うと、怖かったんだって。他人からもいろいろ言われたらしいのよ。でも、ダンスをはじめてからの麗は、少しずつ母親にも麗自身にもやさしくなってくれた気がすると、衣装作りで娘の力になれてうれしいって涙ながらに言ったわ。

「ありがとう、お母さん」麗は照れながら、お母さんの肩を抱いてた。たまみは泣きそうなのがばれないようにするのが大変だったわ。

発表会が近づいてくると、みんなの神経がピリピリしはじめた。はじめは言葉を選んでいたメンバー同士のダメ出しも、だんだん遠慮がなくなってきたの。ゆるい笑顔がスタジオから消滅したのね。

そんな中、インチキくさい顔のJカップクラブ新宿店の店長が言ってきたの。

「Jカップクラブで、発表会の盛り上げを全面的に応援することにした。客がたくさん入るように、チケットを系列全店で販売する。店で1枚でも多くチケットを売るために、新宿店と池袋店と新しくできた大宮店の液晶ディスプレイで、Ｊカップクラブ＆シードのプロモーションビデオをエンドレス再生して宣伝しようと思う。すべて、オーナーも了承済みだ。ついては、みんなのダンスをビデオ撮影したい」

「よろしくお願いします」と、たまみは頭を下げたわ。

この店長は、顔がインチキくさいためにイマイチ信用できないタイプの男に見えてしまうけれど、意外にも真面目で有能だということが、たまみにもわかってきたのね。

「やだよ、そんなの。自分のダンスが映ってる前で接客できっか」万希が強く抵抗したけど、「デブ専が観に来なかったら発表会なんて完全にアウェーだぞ、それでもいいのか」と店長に説き伏せられた。撮影は３日後に行われたのね。

撮影には、新宿店店長のほかにアシスタントがいたの。それは池袋店店長なんだけど、初めてたまみたちのダンスを見た彼は「すげぇな、本当にキレキレだよ。マジで、すげえ」と、しきりに感嘆してくれたわ。

だけど、ノートＰＣで自分たちのダンスを確認した７人は、烈《はげ》しいダメ出し合戦をはじめてしまったのよ。

「これじゃ、とても人に見せられないさぁ」

「ここまでヒドいとは思わなかった」

「ここ、全然合ってない。誰がズレてるの？」

「あんただよ」

「万希さんが80バアさん豆蒔くみたいに下向いて踊るからですわ」

「リーダー、いつも同じとこで間違ってるね」

「すみません」

「みんなケンカ腰はやめて、心をひとつにしましょうよぉー」

「精神論じゃなにも変わりませんぞーッ」

「カウントごとにバラして、イチから合わせろよ」

「あたくしだけですの？」

「フフフ。あんた足開くところ、これじゃカバの出産だよ」

「カバの出産は水中でやるんですぅ」

「どうしましょうー、時間がありませんぞー」

「揃えるしかねぇだろ」

「特訓さぁ、地獄の特訓さぁッ」

　7人は、早くチケットを売り出したい店長に食らいついて説得し、撮影は3日後にやり直すことになったの。

2日にわたり7人は、撮影された動画を細かくチェックしながら、自分たちで細かいところまで磨きをかけたのね。スタジオが空いていないときは、屋上でやってた。そんな様子を覗いた大先生が「いいカンジに空気が暖まってきたねぇ」と言っていたみたいなの。あとからアシスタントさんがたまみにそう教えてくれたわ。

いまに髪の毛を引っ張り合うんじゃないかぐらいの切磋琢磨《せっさたくま》を繰り返すうち、メンバー達はそれぞれ、不思議な触覚を身につけていることに気づいたの。

踊っているとき、自分が最前列で前を向いているときでも、うしろにいるメンバーがどう動いているのか、ちゃんと揃っているのかが、わかるようになってきたのね。メンバー全員で真横に一列に並んだときでも、Vの字に並んだりしても、7人の間隔が揃っているかどうか、目で確かめなくてもわかるの。乱れているときは空気がなんか、スカスカな感じがするのよ。いつの間にか百発百中、わかるようになったのね。

もちろん、視覚的にわかるわけじゃないのよ。みんな大食い能力はあっても、サイキック能力はゼロなの。でも、踊りや立ち位置が揃っているときと揃っていないときでは、なんだか「気」のようなものが違うのを感じるのよ。

メンバー達は気づいたのね。

そのぐらいビシッとした「気」を作り出さないと、7人全員の動きを完全に揃えるのは不可能なの。大先生の怒号が怖いから揃えるんじゃだめなのよ。ひとりひとりが、自分のエゴが入り込む隙間がないぐらいの連帯感で臨まないと、全体がゆるんで大事な気がこぼれ出しちゃうの。気を合わせているときの7人は、まるでデブの仙人達のようになっていたわ。

3日後の再度の撮影のとき、カメラを持ってやってきた新宿店の店長は、フォーメーションを作るときの7人の顔つきが変わっていることに気がついた。

「中国の秘境に棲《す》む古式拳法の聖人みてぇだな」と、思ったの。

もしも彼女たちの頭上にアンパンを放り投げたら、7人の「気」がズバッと放たれて、空中のアンパンを瞬時に7等分に分け、誰も手を触れぬまま7片がそれぞれの口に飛び込んでいくんじゃないかなぐらいの妄想を抱いてしまったのね。

店長は2日の間に、カメラワークのプランをびっちり立ててきたわ。ダンスのすばらしさが、俄然、インチキ顔の店長のイマジネーションを掻《か》きたてたのよ。満を持して撮影したビデオを、店長は高音質の音源を使って、アーティスティックに編集したの。インチキくさい顔してるわりに、徹夜で頑張ったのよ。

その動画を店で再生してみると、お客達は「なんだこりゃ、すげぇな」と、圧巻のパフォーマンスに心を奪われていたわ。発表会のチケットは、系列3店舗で順調に売れていったのね。


発表会の、２日前。

和食店の仕事を終えて家に帰る道すがら。

今日は月がきれいだなと思い、たまみはしばらく空を見上げたわ。

月が雲をふちどりながら、街中を照らしていた。

人影がなかったせいで、逆にこの世にいない人のことを思い出させられたの。

よき子はどこかから舞台を見てくれるだろうか。

ひさしぶりによき子のことが、ふと頭をよぎったわ。

よき子の言葉を受け止めたことから始まったことが、もうすぐ、初めて形になろうとしている。

「私を見ていてほしい」と、たまみは思ったわ。

よき子がブログに書いていたような「揺るぎない自分」なんて、まだまったく見えない。

あいかわらず、自信は全然ない。でも、自信はないけど希望はある。希望だけじゃ心細いけど、いまは同じ希望を見つめる仲間がいる。初めて「仲間」と呼べる人たちが。

ちょっとだけ、たまみは踊ってみたくなった。

「デブが暴れてます」と通報されたら困るので、ちょっとだけ。

たまみは、立ち止まって背すじを伸ばし、正面を見据えたわ。

ゆっくりと息を吸って地面に顔を落とし、それから再び空を見上げた。

そして天に向かって両手を差し出し、すばやく足を交差させて、回ってみたの。

見ていたのは、塀に寝そべっていた猫だけだった。

すばやく回転し、ピタリと止まると、たまみはまた歩いて行った。

そのうしろ姿を、猫だけが、月に光る目で見ていたわ。

11

いよいよ、たまみたちは発表会の本番を迎えた。

出番は3番目よ。ダンスカンパニーの精鋭によるオープニングに続いて、有名アーティストお抱えチームのエキシビション、その次がいきなり、たまみたちの出番なの。「前半の盛り上がりを担う重要なポジションなんだよ」大先生が脅すように言ったわ。

渋谷《しぶや》にある劇場ロビーには、たくさんの花が届けられてた。中でもいちばん大きいアレンジメントは、Ｊカップクラブ常連一同からの花だったのね。デブ嬢達が結託して、お客から花代をむしりとってくれたみたいなのよ。

ほぼ満席の客席には、万希の長男の進一郎が、預かり手さん夫妻と一緒にすわってた。ミユのお母さんは、わざわざ沖縄から飛行機で来ていたの。ちょっと落ち着かない様子だったわ。Ｊカップクラブの常連さん、デブ嬢、店長さん達は、デブ専団体ご一行様的に、ごっそり客席の一角を埋めていたの。新宿店3人娘のお母さん達はお手伝いで楽屋に詰めていたわ。お父さん3人は客席で所在なさげにしていたのね。

楽屋はチームごとに別々の部屋が割り当てられていて、たまみたちの楽屋には、巨デブ7人がぎゅうぎゅうに詰め込まれた上に、Ｊカップクラブの常連達からどっさり食べ物が差し入れされていたわ。

大先生は昨日、「あんたら、緊張のあまり楽屋で頭突き入れあったり、迷惑なお経唱えたり、ゲロ吐くほど食ったりするんじゃないよッ」と心配顔で言っていたわ。

でも、キャバ嬢たちは意外と落ち着いていたの。そりゃ、大舞台で踊る前だから、それぞれ高揚感はあったわよ。でも、彼女たちは毎日、お客の前で踊ってるわけでしょ。その上猛練習を重ね、新宿店店長が拳聖のようだと思ったぐらい研ぎ澄まされたんだもの、取り乱したりはしないわよね。みんなが、チーム全体の気を乱さないように、お互いを思いやって、お茶を淹《い》れてあげたり、髪の形を直してあげたり、和やかなジョークで笑わせあったりするくらいだったの。

舞台監督が「すみません」と楽屋に入ってくると、化粧台前に並んだ巨デブ達は、まったくズレのない動きとタイミングで振り返った。止まった顔の向きや位置がまったく同じなの。舞台監督は当分、その光景が目に焼きついて離れないでしょうね。

そんな中でたまみだけは内心、ガチガチに緊張していたわ。他のメンバーにそれを悟られないようにするだけで、いっぱいいっぱいだったのね。場慣れしているキャバ嬢たちに比べて、たまみだけは初めて人前で踊るわけでしょ。昨夜は、緊張と不安でろくに眠れなかったのよ。平静を装ってはいたけれど、足がフワフワしてしまうの。ペットボトルを落として床を水浸しにしたり、他の人が呼ばれたのに「はいぃぃぃッ」と歯をむき出しにして返事をしたりしたわ。

「リーダー、もしかして緊張して漏らしそうなのでありますかー？」

夏海にそう言われて、まっ青な顔を横に振ったら、体中の肉が揺れてヘアスプレーの缶を倒してしまった。あわててそれを押さえようとしたら、今度は突き出した巨ケツで加湿器を倒してしまったの。それを見たミユがけたたましく笑ったもんだから、ますます狼狽《ろうばい》しちゃったのね。

落ち着かなくちゃ、とにかく落ち着かなくちゃと思って、たまみは椅子にすわって鏡を見たわ。

鏡には、楽屋全体が映っていた。7つの巨体の隙間を縫うように、麗や妃都美や夏海の母が、衣装にアイロンをかけたり、足りないものを調達してきたり、細やかにメンバーの世話を焼いていたの。

「たまみちゃん、なにかほしいものがあったら言ってね。すぐそこにコンビニがあるから、買ってくるわ」夏海の母が、たまみにそう声をかけてくれた。

「ありがとうございます、いまのところ大丈夫です。私にまで、すみません」たまみは、ぎこちなく返事をしたわ。やさしそうな夏海の母は微笑んでうなずくと、ちょこちょこ歩きながらあちこちのゴミを集めはじめた。気持ちに余裕がなかったたまみは、夏海の母とあまりにもかけ離れている、自分の母のことを思い出してしまったの。

たまみの母は、もちろん来てなかったわ。たまみは招待状を渡そうとしたのよ。でも、母はお約束通り「置いといて」と言って、一瞥《いちべつ》もしなかった。

家族とちゃんとうまくやっている他のメンバーと比べると、自分は普通じゃない育ち方をしてきたんだということが、どうしても浮き彫りになるようだったわ。他のメンバーは太ってはいても中身はちゃんと正常な女性だけれど、自分だけが、どこかに大きな欠落を抱えた出来そこないなんだって思えたの。

だめっ。

たまみはかぶりを振って、そんな思いをかき消そうとしたわ。今は、そんな鬱思考に囚われてる場合じゃないでしょ。気持ちを切り替えようと、たまみは鏡に向かったのね。

今日まで、みんなで必死に練習した。メンバー全員、気持ちをひとつにしてここまで来たんだもの。きっと舞台は成功する。だから今は、余計なことを考えちゃだめ。

そう自分に言い聞かせながらペンシルを取りだして、たまみは唇の輪郭を丁寧になぞりはじめたの。なかなかうまくラインを引けなくて、顔を鏡に近づけたときよ。腹の底からザワザワとこみ上げてくるような不安が、たまみを襲ったのね。

——私のせいで失敗するかもしれない。私が、出来そこないだから。

そんな言葉がはっきりと頭に響いたの。ファンデーションを塗った額に、汗が噴き出してきた。顎がわなわな震え、膝も笑いはじめたわ。

そのときよ。

ふと鏡に目をやると、映った自分の輪郭がぐにゃりと歪《ゆが》んで見えたの。錯覚かと思って見直したら、鏡の中の顔はどんどんぐちゃぐちゃになっていった。たまみは、ぎょっとしたわ。額や頬や口のまわりが、顔の筋肉の構造上あり得ない動きで動いているように見えたのよ。

顔だけじゃなかった。体全体にも、同じような現象が起きていたわ。皮膚と随意筋の間でミミズのような何かがすごいスピードで走り回って、ボコボコと肌を波立たせていたの。

「どうしよう、あたし、どうしよう……」たまみは恐怖と焦燥感で、声も出せなかった。

なにが起きているのか、おおよその察しがついたわ。

ゼリーの仕業よ。体の中にゼリーが入り込んでいたの。

いつのまにゼリーが侵入してきたのか、たまみにはわからなかったわ。それが、パニックに拍車をかけたのよ。

鏡の中のたまみの顔は、眉の位置が左右ちぐはぐになり、唇がめくれあがって歯ぐきがむき出しになって見えた。右目の下目蓋が思いきり下に引っ張られて、眼球が飛び出しそうだったの。たまみは絶叫しそうになったけれど、声帯までもがすでにゼリーの管制下におかれていて、声を上げることもできなかったのね。周囲のみんなが、なぜたまみの異変に気づかないのか不思議だったわ。

なすすべもなく硬直していると、食欲中枢の奥から、神様の声が聞こえてきたの。

「巨デブ怪獣・食べゴラスよ。あきらめるがいい。ゼリーから逃れることはできない」

その声は、まるで死刑宣告みたいに心にずしんと響いた。

「なぜならこのゼリーは、おまえが自ら作り出しているものだからだ。必死で逃げたつもりでも、邪悪なゼリーはおまえのその脂肪まみれの体の中から涌《わ》き出ているものなのだ」

全身を鳥肌だらけにして震えるたまみに、神様は容赦のない言葉を浴びせかけてきたわ。

「おまえが誰にも理解されないのは、おまえがデブだからだけではない。こんなゼリーを作り出すほどの漆黒の闇を、心に抱えているからだ。おまえの怨念は、生きている限り消えたりしない。そんなおまえが世界を変えるなど、金輪際あり得ない。本当のおまえは暴れたがっている。怨みを晴らしたがっている。破壊の限りを尽くし、草一本生えなくなった地球の上で自滅したい、それがおまえの真の望みなのだ。おまえの心に刻まれている怨みは、それほどまでに深いのだ」

違う。

絶対に違う、私はそんな怨みの化け物じゃない。

たまみは、強くそう念じたわ。

あなたは本当は神様なんかじゃない、あなたの言葉なんか、ひとつも真実じゃない。

たまみにはわかっていたの。この声の主は、本当は神様などではないのよ。ずっと昔から、「食べるのだ、たまみ」と脳内から呼びかけてくる声。どか食いをやめられない自分が自分自身から責められるのがつらくて作り出した妄想、それが正体なのよ。

——消えて！

たまみは、力を振り絞ってそう叫ぼうとしたの。でも、叫ぼうとしたとたん、頭蓋骨の中にゼリーが押し寄せて、脳圧を変えられたかのように目の前が暗くなってしまったわ。楽屋の中の誰も、たまみの緊急事態に気づいていなかった。たまみの顔が土気色《つちけいろ》に変わっているのに、誰も気づかなかったわ。たまみには、自分の顔に凶暴な表情が浮かんだのがわかった。熱で炙《あぶ》られたプラスチックみたいな動き方で、顔が邪悪な形に歪んだの。たぶん、高校の数学教師を殴ったときも、こんな顔をしていたに違いないわ。

このままじゃ、ゼリーに乗っ取られる。どうしたら、一体どうしたらいいんだろう。たまみは必死で、ゼリーに抵抗する方法を考えたわ。そして、ありったけの集中力をかき集めて、カーテンを開く要領で脳の中のゼリーを引き裂くイメージを思い描いてみた。すると、ゼリーの一部が真っ二つに裂けたような手ごたえが感じられたの。裂け目から湯気のようなものが噴き出してきた。脳の中のことだから臭いは感じなかったけれど、温度だけは感じたわ。一生忘れられないような、気持ち悪い生温かさだった。そして、少し遅れて、ゼリーの悲鳴が聞こえたような気がしたの。

勝機が見えたというよりは、これに懸けるしかないみたいな気持ちで、たまみはもう一度、ゼリーの別の部分を引き裂いてみたのね。

そしたら、まったく予期せぬことが起こったの。

ゼリーが、裂かれたところから黒い塊みたいなものを吐き出したのよ。みるみるうちに塊はばらけて、昆虫のような羽音をたてはじめた。たまみにはなぜだか、その虫のようなものが過去の記憶たちであることがわかったわ。幼い頃からデブであるがゆえに侮辱を受けてきた、おびただしい数の記憶が一気に蘇《よみがえ》ってしまったのよ。記憶たちは巣を攻撃された蜂のように体外に飛び出した。トルネード状に舞い上がりながら、たまみを完全に包囲したのね。

記憶たちはたまみに触れると体にとまり、皮膚を針で突き刺した。その瞬間、痛みとともに、思い出したくない過去のヴィジョンが鮮明に立ち上がったの。そのどれもが、かつてたまみの心をズタズタにした記憶だった。

デブはくさいと言われ執拗に体を洗い続けた記憶だったり、デブは場所をとると言われて空《す》いている電車でもシートに座れなくなった記憶だったり、体重を当てる賭けをされた記憶だったり、自分の名前が出ただけで笑われた記憶だったり、泣きながら聖母・冷蔵庫様の前で食べ続けた記憶だったり。

思い出すと誰の顔も見たくなくなるような、最悪の記憶ばかりだったのよ。たまみは痛みと悲しみと絶望感で、身をちぢめるしかなかったわ。

「おまえは脂肪の塊であると同時に、怨みの塊だ。そうだろう」神様の声が聞こえてきたわ。

心が潰されるようだった。認めざるを得なかったわ。

「そうです、怨んでます……」

身を切り裂かれるような痛みを感じながらそうつぶやくと、歪んだ顔にある目から大量の涙があふれ出てきた。どんなに泣いても泣き足りないぐらいの悲しみが、楽屋じゅうを浸していきそうだったわ。

「サルに習ったダンスなど踊ったところで、おまえの怨みは消えたりしない。世界を破壊するのがいやならば、ひきこもって、ただただ三色そぼろ弁当でも食べているがいい。食べるのだ、たまみ。食べて忘れろ。そうして怨念から目をそらし続けるのだ」

もうだめだ、抵抗しきれない。

たまみは、そう観念して目をぎゅっと閉じたの。すると、あまりの痛みに耐えきれなくなったのか、意識が朦朧《もうろう》としてきたわ。このまま昏倒《こんとう》するんじゃないかと思えてきたのね。

倒れてしまおう。発表会で踊れなくなって、みんながっかりするだろうけど、そうするしかない。つくづく、私は出来そこないだ。せっかくここまで頑張ってきたけれど、いろいろな人を巻き込んでもきたけれど、結局、こんなことになってしまった。もう誰にも迷惑をかけたくないし、ダンスなんか、私はもうやめるべきなんだ。

薄らいでいく意識の中で、そんな思いがよぎった。

まさに、そのときのことだったわ。ふと、たまみを呼ぶ声が聞こえてきたの。

「細川たまみさん」

劇場のスタッフが、楽屋のドアを開けてたまみに呼びかけてきていたのね。

「辻堂拓也さんから、お花が届いてますけど」

拓也の名前を聞いたとたん、暗い視界に一条の光が差した気がしたわ。

グレーの楽屋のドアと、黒いパーカーのスタッフ、そしてスタッフが手にしているピンクの花が、その光に照らし出されたの。

希求。

その言葉をたまみは思い出すことができた。

すると、ゼリーによってコントロールされていた体が、ほんのわずかに動かせたのね。

たまみは、渾身の力で花束を受けとったの。

白いバスケットに入った花のアレンジメントは、たしかに辻堂拓也からだったわ。

たまみは自分がいちばん好きな花を、拓也に話していないはずだった。でも、花束のメインのお花は、たまみがいちばん好きなピンクのガーベラだったの。カードを開くと青いインクの万年筆で、たった一言だけメッセージが書かれてた。思わず押し頂いてしまいそうなほどまぎれもない、拓也の字だったわ。

「世界を変えてください」


拓也の笑顔が、心の中いっぱいに広がった。

2度目にデートしたときの笑顔。アメリカで差別を乗り越えて道を切り拓《ひら》いた話をしてくれたときの、拓也の顔よ。あのときの拓也は、まぶしく輝いていた。

私も、あんなふうに輝きたい。

たまみの心の底から、そんな思いがわきあがってきたわ。

すると、体内に充満していたゼリーが溶けだしていくのをたまみは感じたの。粘度を失ったゼリー達は体内で、タンパク質が酵素で分解されるみたいに溶けて、さらさら流れていった。記憶たちも、ゼリーとともに姿を消したの。たまみはゆっくりと全身に血流が戻ってくるのを感じたわ。

次第に視界がはっきりしてきた。リボンで飾られた差し入れのお菓子や、取っ手が伸ばされたままのキャリーケースや、ハンガーで吊された衣装や、お茶を飲むメンバーの顔が目に入ってきたの。鏡をのぞくと、いつもの自分の顔が見えたわ。ちょっと目がうるんで充血していたけれど、ライトを映した瞳はキラキラしていたのね。

たまみは、そっと花のバスケットを鏡の前に置いて、窓に向かったわ。すこしだけ窓を開けると、まぶしい午後の陽差しが顔に降り注いだの。空は抜けるように青かった。さっきまで吹き荒れていた嵐はもう、通り過ぎたんだって思えたのね。

私は世界を変えようと思ってダンスをはじめたんだった。

希求が、胸の奥に再び灯を点《とも》した気がしたわ。

楽屋のみんなは何が起きたのかまったく知らずに、それぞれ本番の準備をしていたのね。誰にも気づかれないままの、たまみ奇跡のカムバックだったのよ。

戻ってこられた。

そんなふうに思えて、たまみはちょっと自分でびっくりしてしまったの。

私、いま、「戻ってこられた」って思ったんだ。

ガーベラのピンクの花びらが、天に向かって精一杯開いているように見えたわ。

ダンスをはじめる前は、ゼリーに苛まれる生活が自分の居場所みたいに思えてたけど、今は違う。今は逆に、踊る場所が自分の生きるところだって、私、思ってるんだ。

勘違いじゃないような気がしたの。自分はもう、自分の居場所を自分で作ることができる。それはまだぜんぜん完成してないけど、いいところまで作れてきているんじゃないかって。

私は、ちゃんと種になれる。

きっと、芽を出せるはず。

この、まだ頼りない思いを大事に育てて、確信に変えたいとたまみは思ったわ。

たまみは静かな足どりで、そっと楽屋を出た。まだ脚の筋肉に緊張が残っていたけれど、フラつくほどじゃなかったのね。自販機がたちならぶ廊下を歩いて、まだ幕が上がる前の舞台を見に行ったの。

袖幕の陰から舞台をのぞくと、幕開けの準備はすっかり終わって、もうスタッフ達が声をひそめて話す雰囲気になっていたわ。舞台の上は厳かな神殿のような、重くて、それでいて張りつめた空気で満たされていたの。

何列にも並ぶライトを見上げながら、宇宙とつながる巨大なパイプが降りてくるような空間だなと、たまみは思った。

こんな空気の中で放出される想いだったら、大気圏を超えて宇宙のどこかに届きそう。

そう思うと、さっきまでの舞い上がるような心持ちとは違った、感覚が研ぎ澄まされるような緊張が全身に行き渡り、みなぎってくるような気がしたの。

たまみは、大先生の言葉を思い出したわ。

「踊りで観客をつかまえていくってのは、生やさしいもんじゃない。瞬発力だけじゃ無理。宇宙が認めてくれなきゃダメなんだよ」

宇宙は私を認めてくれるだろうか。

たまみは舞台の床板を見つめて、そう思ったの。

たまみの言葉も、たまみの想いも、長い間誰も認めてくれなかった。なんの価値もないかのように、くしゃくしゃに丸められて、放られて、踏みつけられていったわ。みんなゲラゲラ笑いながら、蹴とばして返してくるだけだった。

「あんた、みっともないわね」母の言葉が胸によみがえった。

「てめぇみてぇなデブ、どこも受かんねぇよ」と言った同級生の顔も。

クスクスと含み笑いした人たちの顔も。

自分なんか絶対幸せになれないと思わさせてくれた顔や声が、浮かんでは消えたの。

でも、とたまみは思った。

今日はじめて、たまみは宇宙に向かって自分の想いを放出するのよ。

いままで生きてきたすべてを、そこに込めて。

得たものすべて、失ってきたものすべてを込めて。

ふと気づくと、舞台の上を満たす空気の中に、かすかな音が感じられた。
それは、遠く暗く深い宇宙の声のような気がしたの。
たまみに届けられた声。
やさしい声じゃなかった。たまみを試すような声だったわ。

おまえは、デブだ。
おまえは、醜い。
最悪な記憶ばかり抱えている。
永遠に世間に溶け込むことはできない。

たまみは口を固く結んで、舞台をにらみ返した。
叫んでやろうと思ったの。
誰に嗤われても。この舞台の上で。大きな声で。

「でも、私は生きています！」

楽屋に戻るとアニメ声の夏海が、「リーダー、ちょっと、これ見てくださいよー。腰を抜かしますぞぉー」と騒ぐので、なにごとだろうと思ったんだけど、夏海がたまみの腕を掴んで、見知らぬ巨デブ女の前に連れて行ったのね。

「誰だ、このデブ」ぐらいにおそるおそる顔を見ると、それは舞台化粧を終えた万希だったの。

なに、素顔と全然違うじゃない。たまみは、思わず息を呑んだわ。

万希は、美しかったの。7人の中の誰よりも、いや、世界の全巨デブの中でもトップクラスだと思えるぐらいキレイだったわ。巨デブなのに、うっとりとキレイだなぁと思わせてしまう、昔のイタリアオペラの歌手みたいな魔力があったの。もう、化け物めいた変貌《へんぼう》っぷりだったのね。新宿店の女達とたまみは、万希の素顔しか知らなかったでしょ。しばらく言葉も出なかったのよ。池袋店のミユは「もともと化粧で変わる人なんだけどさぁ、舞台化粧は初めて見たねぇ。素顔がわからないさぁ」と言っていたわ。

やがて舞台監督が、「もうすぐ出番です、舞台袖にスタンバイしてください」と、みんなを呼びに来た。いよいよ、本番よ。

大先生がちょっとはしゃぎながら楽屋に入ってきて、「ねぇ、アレやらないの？」と、リクエストしてきたわ。

「えー、やるのかよ？」万希が引き気味に言った。

「いいじゃないですかー、試合前に円陣組むのがスポ根の掟《おきて》ですぞー」夏海が笑って言った。

ダンサーたちは、丸くなって立ったわ。肩を組んで屈《かが》むと、お互いの顔が目の前に迫った。

「みんな、改めて言うけど、みんなに感謝します。本当にありがとう」たまみがそう言うと、みんなの顔が一斉にやさしい笑顔になったわ。

そして全員で頷きあうと、たまみがまず叫んだ。

「あたしたちの腹には、何が詰まっている？」

「愛と勇気！」

「夢と希望！」

「正義と平和！」

「自由と平等！」

「美と情熱！」

「汗と涙！」

そしてたまみが締めに「色気とッ」と叫び、全員で「食い気ッ！」と返したわ。

「何度見てもいい！」

大先生は、サルの干物みたいな顔で手を叩いて飛び跳ねたの。

「これ本番前とかに必ずやることにしよう」


真っ暗な上手《かみて》の袖で、7人の巨デブが出番を待っていた。

そのとき踊っていた、まさに本番中のプロダンサーチームの演《だ》し物は、ジャズダンスにモダンな動きをふんだんに採り入れた、ミュージッククリップでよく見るようなダンスだったのね。動きの一つ一つがアーティスティックで、さすがプロの表現力だったわ。観客が興奮して目を奪われているのが、舞台袖にも伝わってきた。

たまみは、ずっしり腹が据わってくるのを感じていたわ。

やがて舞台が暗転して、遂にたまみたちのチームと入れ替わるときが来た。

それまで汗を飛び散らせて踊っていたダンサーたちが、袖に向かって駆け戻ってきたわ。そのうちのひとりが、すれ違いざまに「がんばってね」と、たまみにささやいた。たまみは「はい」と、小声だけど力強く返事をしたのね。

暗い舞台の上に、7人の巨デブが横一列に並んだわ。

シンセサイザーの音が静かに流れはじめると、まず床の照明が灯って、巨デブ達のシルエットがあらわれた。思いがけない人影のフォルムに、観客達がざわっとどよめいたの。クスクスと笑う声もひとりふたりではなく、はっきり聞こえてきたわ。こんなところにデブが出てきたら笑うのが当たり前だろうみたいな、反射的な笑いだった。

7人の巨デブ達は、そんな観客のざわめきなんてまったく意に介さず、全員が微動だにしないまま、張りつめた「気」を放出しはじめたの。その「気」は、7人の頭上でひとつになって、厚い雲ができていくようだったのね。雲はあっという間に広がり、客席全体を覆っていったわ。観客達は気づかないうちに、「気」でできた雲の中に呑み込まれていったの。その証拠に、巨デブ達がまだ髪の毛1本すら動かしていないのに、ざわついていた客席が水を打ったように静まりかえったのよ。

シンセサイザーの音がゆったりと流れていたわ。

巨デブ達はゆっくりと右腕を横に突き出して、右から正面に向けて動かした。7本の手が動く速度、手の位置、手のひらの向き、すべてにまったくズレがなかった。まるで7枚の鏡に映されたひとりの人間であるかのような錯覚を生み出すほどだったのよ。この動きだけでも、2回も3回も見たくなる感じだったのね。

でも、たまみたちのパフォーマンスは、同じ動きを2回も見せるほどユルくなかったわ。やがて音楽が厚みと音量を増してくるとパッと頭上のライトが灯った。その瞬間、初めて7人の顔が照らされたの。胸から下は暗くて、顔だけが上からの光で照らされたのね。暗黒に浮かび上がった7体の神が降臨したみたいだったのよ。7人はゆっくりと脚を1歩前に踏み出して腰を折ると、なにかを乞うかのように両手を下から上に差し出したの。誰ひとり、まったくズレることがなかったわ。差しのべた手の先に精霊達が集ってきそうだった。

「きれい……」

客席で女将さんが、思わずそうつぶやいたわ。その横で板長や彩香ちゃん、仲居さんや料理人たちが、一様に目を見開いてた。

観客達の多くは、ここで気づいたの。

このパフォーマンスは今まで見てきたどんなダンスとも違うって。

これまで見てきたのは、色とりどりのダンサー達が、自分たちの個性をそれぞれアピールしてくるみたいなダンスだったでしょ。呼吸をあわせて踊りながらも、ダンサー達はみんな自分を見てほしいと願ってたはずよね。でも、たまみ達のダンスは違ったの。7人が完全にひとつにならないと生み出せないパワーで巨大な大気の球体を作り、その中にすべての観客を包み込んでしまうようなものだったのよ。デブたちのテンテケテンな踊りを予想していた観客達は、みんな裏切られた。固唾《かたず》を呑んで展開を見守ることになったの。

パーカッションが激しく鳴り響いた。

なにもかもが目覚め、躍動しはじめるイメージを掻きたてる音よ。

ダンサーたちは目にも止まらないほどの激しい動きを見せながら、一度中央に集まりさまざまなフォーメーションを見せたあと、7つの方向に飛び散ったわ。普通のダンサーだって飛び散ることはできる。でも、たまみたちの巨体ほどの迫力は出せないわ。大砲が7つの方向に発射された感じだったんだもの。しかも7つの砲弾は正確に、ひとつの円の上に止まったわ。エスパーが念力で止めたみたいに。時間が止まったみたいに。7つの角度は一度たりとも違わず、間隔もきっちり均等なの。

7人のダンサーはそこで手足を広げ、円を膨張させたかと思うと、すぐに屈んで収縮させ、しかもそのあと原始的なエネルギーを彷彿《ほうふつ》とさせるような回転をはじめたわ。そして回転を全く同じタイミングと位置でピタリと止めると、また花火のように激しく動きはじめたの。動きの激しさと止まるときの的確さは奇跡みたいに一切ズレることがなく、7人がまったく無私の境地で演じていることが観客に伝わってきたのね。

思わず漏れたというような歓声が、まずデブ専ご一行様からあがったわ。

その歓声は客席全体に広がりはじめて、やがて客席の空気が激震したの。フォーメーションの展開は目まぐるしく変わり、先が読めなかった。独裁下の軍隊みたいに機械的に揃った動きもあれば、ふたつに分かれて闘舞のようになったり、全員がそれぞれ蒸気で動く機械の部品みたいになることもあったわ。そのどれもが小気味よく、いちいち的《まと》にカツンと当ててくるのよ。観客の誰もが、心をひとつに合わせることがこんなに感動的なのかと、改めて認識することになったわ。我欲を捨ててひとつになることの尊さ、美しさを、7人の巨デブの中に見ることができたの。

会場の建物が膨らむような熱気のある拍手が鳴り響く中で、ダンスは終了したわ。観客達は一斉に、スタンディングオベーションを送ったの。ミユのお母さんは、ぐしゃぐしゃに泣いていたわ。目を瞠って舞台を見上げていた万希の長男・進一郎はまわりの歓声と喝《かっ》采《さい》の中で、ちょっと自慢げな笑顔を見せた。預かり手さんは、見たことがない表情だなと思ったの。

辻堂拓也は、デブ専ご一行の中にいた。デブ専3人組といっしょに観ていたのよ。まっ青で倒れそうな顔をしている拓也に、高校教師のデブ専が「どうしたの?」と声をかけたのね。

「疲れたんです」と、弱々しい声で拓也は言ったわ。

心配しすぎて、緊張しすぎて、貧血を起こしそうだったんだって。観客の中で唯一、拓也だけが楽しめなかったのかもしれないわね。オマエが踊ったのかよぐらい疲れ果てちゃってたわ。

大先生は7人をほめちぎってやろうと思って、楽屋に駆けつけた。さぞ、みんなで抱き合って大号泣しているに違いないと思ったんだけど、楽屋のドアを開けた大先生は、楽屋内の光景を見て硬直したわ。

7人は興奮のあまり、食欲のスイッチが入ってしまったらしいのね。首をそろえて差し入れのお菓子やカツサンドを爆食していたのよ。

発表会の後はJカップクラブ新宿店で、新宿・池袋両店の常連達と辻堂拓也による盛大な打ち上げが行われたわ。7人には、賞賛の嵐とアラブの大富豪並みのご馳走《ちそう》が与えられたの。数人の常連達が裸踊りを披露し、その常連達が裸のまま辻堂拓也に襲いかかって服を脱がせ、辻堂拓也はシマシマパンツ君と呼ばれることになった。夜通し爆笑の渦だったのね。

12

発表会から、3週間が過ぎたわ。

その間、レッスンはお休みだったの。たまみにとってはひさしぶりの、ちょっとゆとりのある日々だったのね。

その日、閉店後の和食店からは、板前さんや仲居さん達の笑い声が聞こえていたわ。椅子を上げた店内で若い板前さんと中堅の板前さんが、たまみのダンスのマネをして踊ってたのね。驚いたことに、笑いものにするためじゃないのよ、本人達は真剣に振りコピしようとしてたの。それがまた、全然似てないのよ。一生懸命マネしてるつもりで踊るんだけど、ふたりともひどいガニ股《また》なのよね。

「全然似てねぇよ、たまみちゃんのはもっとゲイジュツ的だっただろ。オマエのはどう見ても、どじょうすくいだよ」板長がそう言うと、「どじょうすくいじゃないっスよ」と、中堅の板前さんは踊りながら口をとがらせたわ。通りかかったほかの仲居さんに板長が「なぁ、これ何に見える?」と聞いたら、仲居さんが「どじょうすくい?」と答えたので、中堅の板前は爆死したわ。それを見て、みんな大笑いしたの。

たまみもいっしょになってナミダ目になって笑っていると、女将さんから「たまみちゃん」と呼ばれた。

「今度、ダンスの仲間の人たち、うちにお食事に来ていただきなさいよ。先生もさ。あたし、ご馳走する。なんにもご祝儀あげてないしね」女将さんはたまみの肩に手を置いて、そう言ったわ。

「いいですよ、ご祝儀なんて。チケット、いっぱいさばいてくれたじゃないですか」たまみは眉を八の字にして首を振ったの。

「観に来た人みんな、いいもの観た、もう1回観たいって言ってたわよ。あたしも鼻が高くて」女将さんは、目を見開くようにして言ったわ。「本当に、あれ1回だけじゃもったいない。どこかに出演できるイベントがないかしらねぇ。あたし、いろいろ聞いてみるわ」

女将さんは本気で舞台に感動したらしくて、発表会以来、応援マインドに満ちあふれてくれているのね。「必要なときは店を休んでもいいから、頑張りなさいね。若いうちしかできないことって、あるんだから」真剣にそう言ってくれたの。

「ありがとうございます」たまみは照れ笑いして更衣室に引き上げた。

着替えて家路についたたまみは、電車の中で辻堂拓也に改めてお礼のメールを送ったわ。

「髪を切ろうかと思っています。短くしちゃおうかな」と書いたら、拓也から「長いほうがいい」という真剣な返事がきた。「舞台で、髪もいっしょに踊っているようで美しいと思ったから」と書いてあったの。

そして、レッスン再開の日。その日は、日曜日だったの。

お店はお休みだったから、たまみは美容室に行って、切りたての髪で代々木駅の改札を出た。もちろん、毛先を揃えるだけにしたのね。

ひさしぶりにスタジオに行くと、事務室のたまみに向けるスタッフの顔が発表会前と違っていたの。言葉づかいも明らかに、リスペクトのこもった言い方になってたのね。他のチームのダンサー達も、以前より断然ていねいに挨拶してくれたのよ。

「道が拓けていくときって、こういう感じなのかな」と、慣れない感じにちょっとおどおどしながらも、たまみは思ったわ。

これまでは他のチームのダンサーたちから「あんたら何?」みたいな顔をされていたけど、もう、そうじゃなくなったの。このスタジオの中に、ちゃんと自分たちの居場所ができたんだなって思えた。

着替えてスタジオに入っていくと、そこには妃都美とお母さん、そして夏海とミユと里香がいたわ。みんなで里香が作ってきたブリオッシュを食べていたの。

「リーダー、ちょっとこれ、見てくださいよー」夏海が手招きしつつ、妃都美を指差したのね。妃都美はなんか、おもしろい服を着ていたわ。なんだか中世の修道僧の黒いローブみたいなの。ビロードのような生地のドレープが美しくゴージャスに見えたわ。

「それって、もしかして衣装？」たまみが訊ねると、妃都美は立ち上がり「母がデザインして作ってみたんですの」と言って、両手をひろげて回ってみせた。すると、ローブがものすごく華やかな形と動きで広がるの。「わぁっ」と、たまみは声を出してしまったわ。

「それがですねー、この衣装、これだけじゃないんでありますよー」夏海がそう言うと妃都美は艶然とほほえみ、ローブについた胸元の留め金を外してひっぱったのね。ローブの裏地は目を奪われる金色になっていて、さらに妃都美がそれを取り去ると、中に着ていた白いミニドレスが現れたわ。レースをあしらった、とってもフェミニンなドレスよ。黒が一瞬で白に変わったから、白のドレスがまぶしいぐらい新鮮に見えた。まるで僧正が一瞬でお姫さまに変わったみたいだったの。

「すごい！」たまみは、それ以外に言葉が出なかったわ。黒いローブは動きを美しく引き立てるだけじゃなくて、袖と背中の部分は動きの妨げにならないよう、やわらかいジャージ素材で作られていた。白のミニドレスは巨デブをも上品に見せてしまう、構造の美しいAラインドレスよ。だぶつきがちな腕は隠して、そのかわり胸元は大胆にカットしてあるの。娘への愛情が凝縮されたような、工夫が凝らされた衣装だった。

「使えるかしら」妃都美の母が恥ずかしそうに言ったわ。

「大先生に、この衣装のための振りつけ、考えてもらいましょう」たまみは、迷わずそう言ったの。他のメンバーも、これを着て踊るのが待ち遠しいという顔でうなずいたのね。

妃都美が衣装を脱ぎに行ってる間に、妃都美の母は帰っていったわ。入れ替わりに、万希がやってきた。万希の巨体の後ろから進一郎がぴょこりと顔を出して、はにかんだような表情をしたのね。

万希は昨夜、たまみに電話をくれていたの。進一郎をスタジオに連れて行ってもいいかというお伺いよ。

発表会以来、進一郎が少し変わったと、万希は電話で言ったわ。発表会の話を万希にしてくるんだって。学校でのいじめの問題にも、一応進展があったそうなのね。担任の先生がいじめ加害者の子たちに指導して、進一郎に謝らせたそうなのよ。

「まぁ、いじめた子達は、なんで謝らなきゃいけないのか、ちゃんとわかってないみたいな顔してたけどね。っていうか、先生もそんな顔してた。でも、変にギスギスさせても仕方ないし、仲良くやろうねってことになったのさ。ま、しばらく様子を見ることにするよ」万希は電話でそう言ってた。これで完全に安心ってわけじゃなくても、ホッとした空気が出ていたのね。

子ども好きの里香がさっそく、進一郎にちょっかい出しに行ってた。丸太のような腕で進一郎をがっちり挟み込んだの。夏海が「進一郎くん、気をつけないと食われますぞぉー」と言って笑ったわ。

「練習が見てみたいって言うからさ。すいませんね、リーダー。無理言って連れてきちゃって。おとなしくさせとくから」普段はあんまり表情が変わらない万希が、頬を紅潮させてそう言ったわ。再び心を開くようになってくれた進一郎が、かわいくてしょうがないのよ。

「やだ、大歓迎ですよ。スタジオ中にハート飛ばしちゃってるじゃない」たまみまで、万希のハートにあてられて赤くなりそうだったわ。

そのとき、着替えから戻ってきた妃都美が言ったの。

「今日は、まだ麗さんがいらしてませんわね」

「なにも連絡はもらってないけど」たまみが答えながら携帯電話を確認しようとすると、言ってるそばから麗がスタジオに入ってきた。

なんだかこわい顔をしていたのね。

「みんな、ネット見た？」麗は硬い声でそう言って、ぐいっとタブレット端末を差し出したの。

「なに、なんか書いてあるの？」タブレットに7人の巨デブの巨顔が集まったわ。そこまでは若干、みんなはしゃいだ空気だった。

次の瞬間、7人の巨顔がそろって凍りついたの。

「なにこれ」里香がつぶやいた。

麗が見せたサイトには、発表会で踊ったたまみたちの動画がアップされていたわ。

発表会は撮影禁止だったにもかかわらず、どこかのバカがこっそり動画を撮影してＹｏｕＴｕｂｅにアップしたらしいのよ。それが、ネタをばらまく系の情報サイトに投稿されて、あちこちのＳＮＳによって拡散されていたの。

「踊り狂う巨デブ女がキモすぎる」そんなタイトルがついていた。

画面には、たしかにたまみ達が踊った発表会の本番の模様が映し出されてたわ。かぶりつきの席から撮影したらしくて、見上げる角度で、かなりズームアップして撮られてたの。わざわざダンサーたちの三重顎やせり出した腹が強調される角度を狙ったのね。こんな角度だと、表情もちょっと常軌を逸した感じに見えるわ。どんなプロだって、こういうふうに撮られるのは避けるはずよね。

そんな動画に、おびただしい数のコメントが寄せられていたわ。

「うわ、クソデブ。ガチで食欲なくすわ。」「普通に、ただただキモイ。」「見ただけで体脂肪率上がりそう。」「これはひどい、うわこっち見んな。」「こいつら合計何キロなんだ。」「嫁がこうなったら捨てる。てか埋める。」「家族にこういうデブいたら悲惨。」「なに食ったらこうなるんだ。」「世界中でもっとも見たくないもの見た。」「無駄に性欲強そう。」「デブは傍迷惑だということを自覚すべきだな。」「公害レベル。」

ものすごい数のそんな書き込みが果てしなく続いていたの。ネタばらまき系のサイトにつけられたコメントだけでも、数百にのぼっていたのね。さらに、動画が転載されたSNSを見ていくと、そちらに寄せられたコメントも手厳しかった。

「こうならないために少しは努力すればいいのに、見ていて不快。」

「体に悪いよね、少しは節制しないと。」

「今日からダイエットします。」

肝臓を摑まれて引っぱり出されるような感じがしたわ。不快な感覚がわき起こると同時に、7人それぞれの中で、過去に受けてきたすべての侮辱の記憶が目を覚ました。記憶はまるで、無数の虫が体を這《は》い上ってくるように7人に群がったの。

重すぎる沈黙が、スタジオ内を満たした。

発表会で、たまみ達のダンスは歓声を浴びたわ。初めて存在を全肯定されたような体験だった。自分たちのダンスは世間に通用する、たくさんの人に見てもらっても大丈夫だって、たまみもたまみ以外のメンバーも思っていたの。希望の光源はこっちで間違いないんだって信じて、向かっていこうとしていたところだったのよ。

でも一瞬で、路面が崩壊したようだった。

100人が賞賛の言葉をくれたとしても、たった1人が投げつけてきた口汚い言葉に、人は心を奪われてしまうのよね。ましてや、ネットにいる無数の人の声だったらなおさらよ。こういう言葉って、がんがんと音をたてて心を揺さぶってくるの。その音で、記憶の虫たちを呼び起こしてしまうのよ。虫たちは皮膚を鋭い針で刺し、長く続く痛みを与えてくる。そして、それとともに卵を産みつけるわ。不安、憎しみ、嫉妬《しっと》、猜疑《さいぎ》心、あらゆる不幸の卵を。

万希の顔色がドス黒いグレーに変色していくのを、たまみは見逃さなかったわ。みるみるうちに、顔が鉱物のように凍りついていったの。見ただけでその硬さがわかる感じだった。

「まずい」と、たまみは思った。メンバーの中でも万希はいちばんデリケートで、傷つくと身を固くして心を閉ざしてしまうことがわかっていたからよ。

長い長い沈黙を破ったのは、万希だった。

表情を失ったまま、ぽつりとつぶやいたの。

「……こんなことになるんじゃないかって思ってた」

そのとたん、「そんな言い方は卑怯《ひきょう》じゃないこと？」妃都美が、キッと冷たい目を向けた。

「フフフ、後出しじゃんけんみたいな発言だよね」麗も妃都美に同調したの。

万希の顔の硬度が、さらにぎゅんと上がった。たまみがハッとなるほど、一瞬で段違いに硬くなったの。鳥もこれに激突したら死ぬわぐらいになってたわ。万希は誰とも目を合わせないまま、淡々と言ったのね。

「でも、これが結果じゃん。目立つようなことすりゃ、こういうこと言う奴も出てくるよね。最低だと思うけど、しょうがないよ、絶対にいるんだもん。これからだって、あたしら踊ってみせるたびにガンガン叩かれ続けるよ。ねぇ、それってさ……、世界を変えるどころか、もっとデブを苦しめることになるんじゃない？　デブは袋叩きにしていいんだって風潮を、あたしらが広めていくことにならない？　そりゃ、うちらのやってることを好意的に見てくれる人もいるかもしれないけど、不愉快に思う人はそれ以上にわんさかいるんだよ。これが現実。デブがやることは、なんでも笑われるの。世の中、そんなに簡単に変わらないよ。あたしら、甘かったんだよ」

みんな、黙ってしまったわ。

「あたしはなに言われたっていいよ。デブと言われようと、キモイと言われようと、いままでも傷つかなかったし、これからだって傷つかない。でも、子どもは違うじゃん。あたしが晒されたら、また子どもがいじめられるかもしれない。それがわかってるのに、親なのに、なんでやるんだって話だよね。いままでだって、この子はあたしのせいでいじめられてきたわけだし」

里香が目に涙を浮かべて万希を見ていた。

「あたし、ちょっと考えるわ」万希は無表情のまま、荷物をカバンに詰めはじめたわ。

「進一郎、帰るよ」そう言って、息子の手を掴んでスタジオを出て行こうとしたの。

たまみは咄嗟《とっさ》に踏み出して、万希の前に立ちはだかった。

「万希さん、もうやめちゃうつもりなんですか？」

万希はたまみと目を合わせると、鉱物みたいな顔のまま言ったわ。もう結論は出ているような言い方だった。

「わかんないけど、ゆっくり考えたい。発表会まで、あたしなりに精一杯やってきたよ。

なにも考えないで突っ走ってきた。それについては後悔してない。でも、どうしてもこれ以上は子どもを傷つけたくない。あんたには感謝してるよ」

「待ってください、もうちょっと話を……」たまみがそう言いかけたのを遮って、万希は早口で続けたの。

「舞台に立てて、本当に楽しかったよ。あんたなら、いつか世間を変えるのかもしれないよね。でも、それってものすごい逆風と戦わなきゃたどり着けそうもないじゃない。ごめんね、あたしはいっしょに戦えない。戦っているうちに大切なものが傷ついたら、取り返しがつかない。そういう可能性がある限り、賭けみたいなことしちゃだめなんだよ。あたし、これでも親なんだもん」

たまみにはもう、返す言葉が見つからなかったわ。万希の言葉は、進一郎を守りたい気持ちに満ちあふれていたんだもの。お手上げよ。他のメンバーも、それは同じだった。進一郎の手を引いて出て行こうとする万希の後ろ姿を、ぼんやり見ているほかはなかったの。

そしたら。

そしたらなんだけどね。

突然、進一郎がその場にしゃがみ込んじゃったのよ。万希が手を引っ張っても、両足を踏んばって動かなかったの。

みんなびっくりしちゃって、リアクションもとれなかったんだけどね。

「なにやってんだよ、行くんだよ」万希はちょっと、強い口調で言ったわ。でも進一郎は顔を真っ赤にして踏ん張ったの。耳も首も真っ赤になっていたわ。万希をにらみつけた進一郎の目から、ポロポロと涙が溢れてきたのね。これには鉱物女もたじろいでしまったのよ。

「なんなんだよ」途方に暮れたように万希が言ったとき、里香が進一郎に駆け寄ってしゃがんで目線を合わせたわ。

「進ちゃん、お母さんにダンスやめてほしくないの？」

里香がそう聞くと、進一郎は真っ赤になった頬を濡《ぬ》らしたまま、こくりと頷いたの。

「そうだよね、お母さん、頑張ってたもんね」そう言って里香は、進一郎の背中を撫《な》でたわ。

「進一郎、あんた、お母さんに踊ってほしいわけ？」万希が聞くと、進一郎はもう一度深く頷いたわ。

「みっともないって言われてるんだよ、みんなから」

「みっともなくない！」進一郎は、吐き出すようにそう言ったの。全世界に訴えかけるみたいな声だったわ。

「そうだよね、お母さん、かっこよかったもんね」里香の目から、涙が噴き出していたわ。万希の全身の硬度が変わっていくのが、たまみにはわかった。

顔色も、グレーから肌の色に戻っていったわ。

過去に出会った多くの人間が、親ですら、万希の自尊心を踏みにじってきた。だけど、小さな進一郎だけは、そうじゃなかった。顔を真っ赤にして、万希の気持ちを守ってくれたの。

万希の気持ちだけじゃないわ、7人全員の気持ちをも守ってくれたのよ。

たまみは本当は、声を上げて号泣してる他のメンバーみたいに泣きたかったんだけど、ちょっと涙をこぼしただけで踏みとどまったわ。リーダーには、ほかのメンバーみたいなダダ泣きは許されないと思ったの。

「さぁ、泣くのは終わりにして、練習しましょう。前に進むのみです。デブが泣いたって、みんな嗤うだけです、泣き損なんです。うちらは泣くんじゃない、踊るんです。夏海ちゃん、うちらのキャッチフレーズは？」

「踊らねぇデブは、ただのデブだぁー！」夏海がアニメ声で言ったわ。

みんな口々に、「それまだアリだったんか」「踊ったって、ただのデブだよ」と言いながらゲラゲラ笑ったわ。

そこに、大先生がスタジオのドアを開けて入ってきたの。干物のような顔の中のでっかい目が、キラキラしていたわ。

「あんたら、ダンスコンペに出てみない？」大先生は、そう言ったわ。

13

明け方の、群青色の空の下。

数羽のカラスがエサを求めて地面に降り立つ羽音が響いていたわ。

築40年ぐらい経っていそうな公団を見下ろす坂の上で、ジャージを着た新聞配達の青年が、そこだけ明かりがぼんやり灯っている3階の一室の窓を見上げていたの。浅葱《あさぎ》色のカーテンに、1体の影が映しだされていた。影のフォルムが巨デブならではの縦横比だったので、思わず凝視してしまったのね。

巨デブの影はゆっくりと両手を挙げて、ちょっと背中を反らしたようだったわ。欠伸《あくび》をしているのか、踊っているのか、どっちだろうと新聞配達の青年は思った。どちらも違うことが、すぐにわかったわ。巨デブの影は拳を握った両手で、自分の頭をものすごい速度でぼこぼこ殴りはじめたの。そのために両腕を挙げたんだとわかって、青年は「うわぁ」

と小さく叫んだのね。

それから影は、血が出るだろぐらい頭を掻きむしりはじめたわ。「やっぱり、デブってストレス満載なんだな、もう夜中のラーメンはやめよう」新聞配達の青年は勝手にそう思い、自転車にまたがって去って行ったの。

實は公団の3階にある自分の部屋でノートPCに向かい、自分の頭をぽこぽこ殴って、さらに掻きむしっていたわ。

「ああ、くそっ、肝心なとこでピント合ってねぇッ」

實は神に見放されたかのような表情で天井を見上げ、ハッとなってあわててファイルを保存してから、もう一度同じ表情で天を仰いだの。

實の机の上は、PCで動画編集を習得するためのハウトゥ本やTips本が積み上げられていたわ。どの本からも、色とりどりの付箋《ふせん》がフリンジみたいにはみ出してた。實は最近、鬼のような勢いで動画編集を学んでいたのね。もちろん、ラミちゃんとヒロのYouTube用の動画を編集するためよ。熱心なのはいいんだけど、實ののめり込み方は、ヒロもラミちゃんも引くほどだったわ。

「今でももう充分じゃない？　コント動画としてちゃんと成立してるわよ」ラミちゃんがそう言っても、實には、ほんの微細なタイミングのズレや音声レベルの補正の甘さも許せなかった。2日ぐらい平気で徹夜してやり直すのよね。

当然技術は上がっていったんだけど、さらに高価な機材も欲しくなったの。

「映像のクォリティを上げるためには、どうしても高解像度の映像データが必要だ」そう思うと、もう頭の中は新しいカメラのことでいっぱいになってしまったのね。

「やっぱり思いきって、もっとハイスペックの機種にする。ラミちゃんだって、キレイに映ったほうがいいでしょ」

気持ちが変わらないうちにと、携帯電話から購入ボタンをクリックしようとする實の手を、ラミちゃんがガシッと掴んで、「そんな金を使うぐらいなら、映像より実物をキレイにして。あたしに整形費用ちょうだいッ」と必死に止めたりしてたわ。ラミちゃんが喉に突きを入れてゲホゲホむせさせなかったら、實はもうちょっとで全財産ブチ込むところだったのよ。

「あんた、どうしちゃったのよ。こんなふうに熱くなるキャラじゃなかったでしょ。なんで、そんなふうに突っ走っちゃってるの?」ラミちゃんは額に汗を浮かべて、そう言ったわ。

「なぜなんだろう」激しくむせてナミダ目になりながら、實は自分に問いかけたんだけど、答えは見つかりそうもなかった。

動画編集の小技を身に付けていくと、完成した動画のクォリティが上がって、まるでゲームみたいに、目に見えてレベルアップした感覚があるのね。でも、その快感が途切れると、とたんに禁断症状が出てきてしまうようになったの。引き潮にさらわれていく恐怖感みたいな、ジェットコースターが落ちる瞬間の圧迫感みたいな、そんな感覚が尾骨あたりからわき起こってくるのよ。

次から次へと技術を上げていかなければ自分がダメになっていく気さえして、少しでも補完できるならと、大枚をはたいてでも機材を買いたい衝動にかられてしまうわけなの。この気持ちは一体なんなのだろうと實は悩んだわ。

そうこうしているうちに、ある日、とうとう實はハイビジョンムービーカメラの最上位機種を買ってしまったの。量販店の「本日限りポイント3倍」という表示に、背中を突き飛ばされちゃったのよ。そのカメラは以前に瀬谷さんがプレゼントしたいって申し出てたんだけど、3人の活動に割り込んでほしくなかったから辞退したものだったのね。カメラのついでに照明機材や編集ソフトも高価なのを揃えたから、かなりの出費だった。

買うときは、胸がすくような爽快な気分だったわ。でも興奮が冷めていくにつれて、足元がうすら寒くなるような、いい知れぬ不安に襲われてしまったの。

自分の気持ちが、うまくコントロールできなくなっていたわ。動画編集にハマってから、それまでの無気力さから一気に生きがいみたいなものをゲットしたような気分を味わったんだけど、なぜか一方で空《むな》しさにうちのめされることも増えた。それがどうしてなのか考えたけど、どんなに考えてもわからなかった。

ラミちゃんにそんな悩みを打ち明けてみたら、「聞いてるだけでイライラするわッ。あんたの脳ミソ、洗濯機で洗ってやろうかッ」と言われてしまった。できればそうしてもらいたいと、實は思ったわ。

ラミちゃんとヒロは、もうすっかりネットの有名人よ。動画再生回数は、各回、最低でも80万回を超えていたわ。そのおかげで『ぐるぐる』はデブでもデブ専でもないお客はおろか、ノンケのお客まで来るようになっちゃって、平日でもごったがえすようになっていったの。「女性はお店に入れないんですか」という問い合わせもバンバン来て、『ぐるぐる』は一応男性オンリーの店だったから、マスターはどうしたらいいか考え込んだ挙げ句、ラミちゃんに提案したの。

「新宿2丁目のクラブを借り切って、ライブイベントをやったらどう？　月に2回ぐらいさ」って。

イベントをやりはじめたら、ふたりのコントは男性よりも圧倒的に女性に支持されているということが明確になったわ。もともとラミちゃんとヒロが繰り出すコントは、ほとんどがダイエットあるあるなネタの応酬だったでしょ、女性との親和性が高いのよ。客席をぎっしり埋めている客は9割が女性だったのね。

ラミちゃんとヒロが舞台に登場すると、黄色い声が上がったわ。まさに、スターになっていたのよ。特にラミちゃんの人気は絶大だったの。ダイエットする女性の本音をブチまける役割を担当しているのは、ラミちゃんだからね。

そのうちに、2社のテレビ局が立て続けに取材の申し込みに来た。そのあと、芸能プロダクションからスカウトがあったの。それが両方とも、ラミちゃんにだけ話がきたのよ。でも、ラミちゃんが断固としてピンでは出ないと言いはったので、結局はふたりで出演したのね。芸能プロダクションの方は断ったの。芸人になる気なんて、ラミちゃんにはさらさらなかったからよ。

「芸人って、ゲテもの食わされたり、痛いマッサージ受けたり、そんなことしなくちゃならないんでしょ。やだそんなの」ラミちゃんははっきりそう言ったのね。

ヒロは、はじめはラミちゃんにばっかりオファーがあることが不服そうだったわ。でも、すぐに思い直したの。ラミちゃんの話術は天才的だし、仕方ないって。ライブの笑いのほとんどがラミちゃんのアドリブによって起きていて、会場の空気が膨らむほどウケちゃうんだもの、自分なんか足もとにもおよばないってヒロは肩をすくめたわ。

一方のラミちゃんは、ヒロ以外の人と組む気はないし、ヒロと組まないならすっぱりやめる気でいるみたいなの。自分が話術を発揮できるのは、ヒロが素でボケたり間がヘンだったりしたときに瞬発力をもらえるからで、それに関してヒロは逸材だって言うのよ。ヒロがいてこそパンチの利いたアドリブを繰り出せるんだって。

「結局さ、ラミちゃんはヒロのことが好きなんだよね」ラミちゃんがいないときに實がマスターにそう言うと、「当たり前じゃないの、目でわかるわ」とマスターは答えたわ。

「でも、ヒロはこれっぽっちもデブ専じゃないからなぁ」實は、ちょっとため息が出そうだったわ。

「大丈夫よ、ラミ子だって昨日や今日オカマになったんじゃないんだから、そんなにガツガツしてないでしょ。今はヒロと仲良くしているだけでいいんじゃないの？　こういうことは、放っとけばいいの。縁さえあれば、なるようになるの」問題放置の天才・マスターは、そう言ったわ。

「またそうやって放置ですか」實は口をとんがらせた。

「そんな呑気《のんき》なこと言ってられないんですよ。最近、ヒロのテンションが落ちてきてるんです。よく、ぼやいてるんですよね。最初はコントやって面白かったけど、結局どこにもたどり着けないんだってわかってきたみたいなこと。この調子だと、コンビ解消しちゃうかもなんですよ」

「そうなったらなったで、いいじゃない。面白いからやってることは、つまらなくなったらやめればいいの。なんで、あんたがヤキモキするの？」マスターは笑ったわ。

「自分のことはどうなのよ。瀬谷さんに囲われて生きてくわけじゃないんでしょ。あんたはこれから、どうしていくつもりなの？」

實は、痛いところを突かれて言葉に詰まってしまったの。

「本当だよな」心の中で、そうつぶやいた。

ここのところちくちくと自分を苛んでいる不安定な気持ちが、また蠢《うごめ》きだしたわ。

オレはこれからどうしていくんだろう。

ラミちゃんやヒロやマスターと違って、自分はゲイとはいえない。男性に対して、というか全人類に対して性愛みたいなものを感じたことがない。『ぐるぐる』に雇われてから、なにも見えないままここまで来たけれど、ゲイでもない自分がいつまでもデブ専ゲイバーにいていいんだろうか。かといってここをやめたら、どうしていいかわからない。オレはこれから、なにをして生きていけばいいんだろう。ヒロは基本的に会社員だし、ラミちゃんはいつか自分の店を持っても充分にやっていける人だ。でもオレには何もない。ちょっとばかり自力で身につけた動画編集の技術だって、所詮《しょせん》は素人レベルだし。

これまでずっと目をそらしてきた事実に、今更ながら實は気づいてしまったのね。

最近のオレの不安定感は、これが原因だな。

實は半ば確信的にそう思ったの。ゲイであろうとなかろうと、デブであろうとなかろうと、時は過ぎ、現在は過去となり、未来がやってくる。将来に向けて自分がいま何をなすべきなのか、何をしたいのか、考えなきゃいけない当たり前のことを考えてこなかったんだってことに愕然《がくぜん》としたわ。大切なことなのに、ずっと見ないふりしてきたから不安になるんだって。

そんな気づきと裏腹に「僕だってね、考えてないわけじゃないんですよ」と、實は真逆を口にしてしまったわ。マスターに弱みを見せたくなくて、なんとか虚勢を張ろうとしたのね。

勢いをつけてしまったけれど、からっぽの頭からはなにも続く言葉が出てこなかった。自分が情けなくなってきて、ショボンとしてしまったの。がっくり肩を落として、實は言ったわ。

「いえ、やっぱ考えてないです。考えようとすると、思考が停まっちゃうんですよ。やっぱり怖いんですかね。ひな鳥だって飛行訓練してから巣立つじゃないですか、でも……」

「あんたのその体重で飛行訓練なんかしたら、落下して即死よね」マスターが食い気味にオチを言ってしまった。

「なんでいつもオチ奪うんですか。でも、そうなんです。巣立てないんです。自分をアイドルでいさせてくれるデブ専界のぬるま湯から抜け出せる気がしないんです。だって、ぬるま湯から出たらきっと寒いじゃないですか」

實はそう言って、頭を抱えたわ。マスターはブヒヒと笑ったわ。マスターが笑うと、實はクセで抗議したくなってしまうの。

「でも、外に出たら寒いのは、デブ専界の湯がぬるいから悪いんですよッ。体の芯《しん》まで温めてくれないでしょ。こうして僕は、ここに閉じ込められて廃人にされていくんですよ。ヤクザに騙《だま》されてシャブ漬けにされた風俗嬢と一緒ですよね。恐ろしい。デブにとってデブ専界とは、はまったら抜けられないアリ地獄なんですよ」

デブ専界という言葉に反応して、實の脳内に瀬谷さんが想起されてしまった。

瀬谷さんだって、いつも自分の脂肪を求めてくるだけで、なにも与えてはくれない。与えてくれるのはいつも、油ギトギトの高カロリー料理だけだ。なにも与えてくれない上に、なにもわかってはくれない。よき子が死んだと知ってショックを受けていた日ですら、いやだと言ってるのに執拗にデブ崇拝の儀式を求めてきたんだから。あの人は、この脂肪まみれの肉体を消費したがっているだけだ。

そう思うと、なんか頭に血が上ってきてしまった。

マスターはそれを見ながら、眉を八の字にしてさらにブヒャヒャと笑って言ったわ。

「誰も今すぐ巣立てとは言ってないでしょ。ずっといたっていいのよ。今はどうしたいとも決められないなら、しばらくぬるま湯でふやけてなさいよ」

「ふやけるのはイヤです。これ以上体積増えたら、湯船から抜けなくなりますよ」

マスターはふたつのマグカップに、アップルシナモンの香りがするお茶を淹れ、ひとつを實の前に置き、もうひとつを口元に運んで一口啜ったわ。

「生きてるとね、そのときにたまたま出くわした状況みたいなものが、行く道を指し示してくれることがあるのよ。変われるときというのは、そういうタイミングなの。そういうタイミングじゃなきゃ、人間はなかなか変われやしないのよ」

「マスターにも、そんなときあったんですか」

マスターは、ちょっとだけ口角を上げてうつむくと、もう一口お茶を飲んだ。

「あたし、昔はガリガリだったじゃない。あの頃は、じたばたしても全然ダメだったわよ。どうせ自分の人生なんてクソだってあきらめた頃、自然と中年太りしたの。そしたら、ダンナと巡り会えて、店だって持つことができたのよ。ねぇ、實ちゃん。無理しちゃだめ。そのうち人生のほうが、オマエこうしろって言ってくるの。それまでのんびりしてればいいのよ。あんた、30歳まであと何年あると思ってんの？」

「そう言ってまた、オレをぬるま湯に浸けるんですね。なんだか、すごく安心できるアドバイスのようでいて、逆にすごく不安になるアドバイスでもありますよね」實は、じりじりした気分でそう言ったわ。マスターは呑気な声で笑った。

「あんたがぬるま湯で温まれないのはね、ねじ曲がってるからよ。ちゃんと浸かってれば、熱いお湯よりもぬるま湯のほうが温まるのよ」そう言って、背中を向けて「なにか甘いもの、なかったかしら」と、冷蔵庫を開けに行った。

なぜだかくやしくなった實は、紙ナプキンを丸めてマスターの背中に投げつけたの。こんなタヌキ親父の言うことを丸呑みにするわけにはいかないって思ったわ。

紙ナプキンは軽いから、ふわりとマスターの背中をそれた。

マスターは後ろにも目がついてるの。

「コントロールがヘタねぇ」振り返らずにそう言ったわ。


数日後。

根《こん》を詰めていた編集作業がやっと完了して自宅で爆睡していた實は、瀬谷さんからの電話で目を覚ました。電話に出たら、瀬谷さんは「来週あたり、ホテルで食事してジャグジーにでも入らないか」と言ったわ。本当にぬるま湯チックなことを言うなぁと、思わず笑ってしまったのね。

瀬谷さんからの電話を切ると、ドアチャイムが鳴ったの。

ドアを開けたら、そこに立っていたのは宗教冊子を売りつけに来たと思《おぼ》しき布教のおばさんだったのね。目前にそそり立つ實の巨体を見ると、クマに出くわしたぐらいのギョッとした顔をして、「出直してきます」と踵《きびす》を返したわ。

「それ売りに来たんじゃないんですか。買いますけど」わざと大声で呼び止めてやったけど、そのまま団地の廊下を小走りになって逃げていったの。

「そういえばこの前」實は数日前のことを思い出した。

上野《うえの》の街で、スーツを着た青年が「幸せですか」「幸せですか」と、道行く人に声をかけまくっているところを通りかかったのね。宗教の勧誘に決まってるから、ほとんど全員に嫌がられていたんだけど、そいつも實が近づいたらうつむいてその場を離れようとしたわ。デブはめんどくさいと言わんばかりだった。ほぼ嫌がらせで追いかけたら、慌てて足を速めて逃げていったの。

嫌なことを連鎖的に思い出して、實は頭を掻きむしり再びベッドに寝転んだ。

「あんな、ほとんどの人からいやがられるような奴らにまで避けられる自分て」實は、電気を含んだ雲みたいなものに心が急速に覆われていくのがわかった。

「だめだ、デブ専界からは、まだまだ出られない。外の世界は冷たすぎる」實は、改めてそう思ったのね。

夕方になって店に出勤すると、ラミちゃんがカウンターに一人ですわってた。

ラミちゃんは、店に設置されたモニターを前のめりになって見ていたの。

「なに見てるんですか」實が訊ねると、ラミちゃんは「すごいのよ、これ」と、興奮気味に答えたわ。ラミちゃんと並んでモニターをのぞいてみると、テレビのスタジオみたいなところで巨デブな女達が数人で踊っている映像が映し出されていたの。

「どうせデブがデブ自虐を売りにして踊っているやつでしょ、ありがちな」

實は冷たく笑い飛ばしてやろうと思ったのよ。でも、それは實が予想したような踊りとはまったくちがうものだということがすぐにわかった。

實は、あんぐり口を開けてしまったの。

巨デブ達のダンスはCGで作った映像なんじゃないかと思うほど、全員が一糸乱れず揃っていたわ。巨デブ達は黒いローブを着て踊っていたんだけど、途中で全員がまったくブレのない動きでローブを脱ぎ捨てたのね。すると、中からフェミニンな純白のドレスがあられたの。思わず「あっ」と声が漏れてしまったわ。

普通体型のダンサーだったら、ここまでの迫力はないはずよ。画面を占める面積がデブだけに大きくて、モニターの画面が一瞬で黒から一面の白に変わったの。まさに、全員が巨デブだからこそできるパフォーマンスだったのよ。

「なんなんですか、これ」實は我知らず興奮して言ったわ。

「テレビの深夜枠でさ、ダンスバトル・ジャパンていうダンスコンペをやってるのよ。トーナメント戦でダンスを競って勝ち残っていく番組なの。あたしが超アツく応援してるのが、このデブたちなのよ。いいでしょ。デブなのに優勝候補よ」

ラミちゃんの話では、この番組は応募総数1080組の中から選ばれた16チームでダンス表現の優劣を競うもので、ダンスの種類はジャズダンスだろうが日舞だろうが民族舞踊だろうがなんでもいいらしいのね。審査員は有名演出家や有名CMディレクターや女優などが週替わりで担当していて、優勝チームには賞金200万円が与えられ、スポンサーである菓子メーカーのCMに出演できるそうなのよ。

「優勝じゃないんですか、このチーム」

デブうんぬんは抜きにしても最も訓練されたチームはこの人たちに違いないと、實は直感したのね。「あたしもそう思う。Jカップクラブ&シードっていうチーム名はどうかと思うけど」

「Jカップクラブ?」

「キャバクラの名前なんだって。この人達、ノンケのデブ専キャバクラのキャバ嬢なのよ」

デブ専界のアイドルという点では自分と同じ立場だと、實は思ったわ。パフォーマンスに感心するだけじゃなく、ダンサーたちの背景にも親近感を持ったのね。

店の営業が終わると、實は一目散に帰宅して、ネットの海に飛び込み泳ぎまくった。

Jカップクラブ&シードの情報、とりわけダンス動画を漁《あさ》りたおしたわ。

テレビで放映された過去2回のダンス動画は、簡単に見つけることができたの。何度も何度も再生したけど、全く見飽きなかったわ。見終わるたびに、また、すぐにもう1回見たくなった。『ぐるぐる』のことも動画編集のことも、もちろん瀬谷さんのことも、ぐいんと遠くに行ってしまうほどだったの。

もっとなにかないかと動画を探していたら、Jカップクラブ&シードのリーダーが番組内でインタビューされている動画を見つけたのね。リーダーは巨デブにしてはまぶたに肉がなくて、つぶらな瞳《ひとみ》をした女の子だったわ。どこかで見たことがあるような気がしたんだけど、思い出せなかった。

『私は、やせたいとは少しも思っていないんです。太っている人がやせている人より価値が低いだとか、全然思いません。太っていなければできないダンスを踊っていきたいです。』

リーダーは、凜とした雰囲気で話していたわ。それに対してインタビュアーは、すこし意地が悪い声で質問をぶつけてた。

『太っていることをネットで中傷されたりしましたよね、それに対してはどう思っていますか。』

リーダーは質問に対して、少しも動揺を見せなかったわ。むしろ、待ってました的な空気を出して答えてた。

『たしかに、うれしかったわけではないです。でも私は、そんな言葉に振り回されちゃいけないと思っています。私は、揺るぎない自分を築き上げたいんです。いろいろなものに挑戦したり、自分にしかできないことを見つけたりして、いろいろなことを成し遂げる経験を積み上げていきたいんです。』

「それ、遠藤よき子のブログじゃん！」

實は、遠藤よき子の最後のブログを忘れていなかったの。あんなにインパクトのあるブログを忘れようとしたってムリだったのよ。リーダーの言葉は、明らかによき子の言葉の引用だったわ。

「このリーダーはよき子の友達なんだろうか。自分とよき子は高校の同級生だったけど、この人は同じ高校じゃないはずだから、中学の同級生だろうか。それとも大学だろうか。バイト仲間だったのかな」

今すぐにでも、このリーダーに直接聞きに行きたいと思った。實は、激しく貧乏揺すりをしたわ。巨大丸太のような脚を揺らしたので、部屋中の家具がポルターガイストみたいに揺れそうだったの。

彼女も實と同様、よき子のブログに衝撃を受けたに違いない。實と違うのは、彼女がよき子の言葉を真っ正面から受け止め、実行に移したことだった。

「戦ってるんだ、この人」

そんな人がこの世にいたことが、ダンスと同じぐらい衝撃的だったの。ドラクロワの描いた「民衆を導く自由の女神」が想起されたわ。まさに、巨デブの女神に見えたのね。

インタビュアーが言っていた「ネットで中傷」という言葉が引っかかったので、實はJカップクラブ&シードがどんな悪口を言われているのかを検索してみたわ。ひどい悪口がじゃらじゃら出てきて、それを見た實は、強烈な怒りが体中から発散されてくるのがわかった。

「遠藤よき子は、カレー屋の女店員が一生幸せになれないだろうと言ってた。でもこの誹《ひ》謗《ぼう》中傷を書き込んでる奴らは、もっと下等だ。クソの中で生きる蛆虫《うじむし》だ。蛆虫に幸せも不幸せもない」

それから實は眠気の限界がくるまで、何度も何度も何度も繰り返しダンスの動画を見たわ。

「たまたま出くわした状況みたいなものが、行く道を指し示してくれることがある」というマスターの言葉を、實は眠りに落ちる瞬間、思い出したの。

14

一日にしてJカップクラブ&シードの信者と化した實の信仰心は、野火《のび》のように燃え広がっていったわ。

ダンスバトル・ジャパンの勝敗は審査員次第。實にはどうすることもできない。それでも、信者拡大のための布教にはおおいに貢献したいと思ったのね。

『ぐるぐる』ではノンストップで、ダンスの動画を再生しまくった。ラミちゃんとヒロのライブイベントの時にも、開演までの間にスクリーンで上映させてもらったの。

でも、布教ってそんなに簡単なものではないのよね。

『ぐるぐる』のお客は、女のデブには関心がなかったし、ライブ客は開演時間ぎりぎりに来る人が多いからなかなかじっくりとビデオを見てもらえなかったわ。實を驚嘆させたレベルの高さと存在価値は、あまり伝わらなかったの。

そんな中で、Jカップクラブ&シードは準決勝戦を見事に勝利したわ。

敗れたチームは、テーマパークで活躍する現役ダンサー達よ。ミュージカルアニメーションの名シーンを踊るみたいな、一般ウケするコンセプトで勝ち進んできた強敵だった。全員がバレエの基礎をばっちり身に付けていることが歴然だったわ。それでも巨デブのパワーには及ばなかったわけなの。

ねじれデブのくせに實は、思わず両手を突き上げて快哉《かいさい》を叫んだわ。

「これはもう優勝しちゃうわぁッ」ラミちゃんも歓声をあげた。「ですよね、ですよね、これイケますよねッ」と實は、らしくもなくラミちゃんと抱き合ったの。

決勝大会は対戦する両チームのドキュメンタリーを2週にわたって放送した次の週に、つまり3週間後に生本番で放送されるということだったのね。實もラミちゃんも、出場者でもないのに優勝する気まんまんだったわ。

ところが。

ところがなのよ。
ヒロがダンスバトル・ジャパンについて、震撼《しんかん》の情報を持ってきたの。
「ダンスバトル・ジャパンて、あれさ、デキレースなんだって。Ｊカップクラブ＆シード
は優勝できないみたいだよ」ヒロはいつものニヤついた顔でそう言ったのよ。
即座に實が牙をむいて、ヒロのマッチョな肩を摑んだわ。
「どういうことですか、どういうことですか、どういうことなんですかッ」
「言うからまず放して、おねがい」ヒロは實がここまでの反応をするとは思ってなかった
から、もうちょっとでチビるとこだったみたいなのね。
「前にオレ、テレビに出たじゃん。あのときの制作会社のヤマムロっていうディレクター
が、隠れゲイだったたわけよ。で、いいカラダしてますねとかオレに送信してきてたんだけ
ど、まぁヤッてもいいかなと思ってヤッたわけ。でね、その制作会社はダンスバトル・ジ
ャパンも手がけてて、ヤマムロは直接は関わってないんだけど、色々知っててさ」
「それでッ」實は怒鳴った。
「何発ヤッたの？」ラミちゃんがわめいたけど、心の底から邪魔だった。「12発だって！」
と勝手に答えて黙らせたわ。
「ダンスバトル・ジャパンのスポンサーって、お菓子メーカーじゃん。優勝特典はそこの

ＣＭに出るってことだったでしょ。菓子のＣＭにデブ集団が出るのはどうかなって、スポンサーが言ってきてるんだって」

實は、腰から崩れ落ちそうになった。放心のあまり、ドス黒い霊魂が口から漏れ出て成層圏まで浮遊してしまったわ。魂は巨体に戻る途中で迷子になってしまい黄砂の吹くシルクロードあたりをさまよって、しばらく實の体には戻れなさそうだったの。

でも、脂肪の骸《むくろ》と化した巨体を通して、ラミちゃんの呑気な言葉が魂に届いたわ。

「まぁねぇ、仕方ないか。これ食ったら即、太りますよみたいなＣＭに見えちゃうもんねぇ。お菓子メーカーとしちゃあ致命的よね。あっはっは」

そのとたん、放心していた實の目がクワッと見開かれたことに、誰も気づかなかったの。呑気な鼻歌を歌いながら菓子のビンに柿ピーを補充していたラミちゃんの背後に、音もなく巨影が忍び寄ったわ。

「ふざけんなッ」

突然、火炎放射器のような怒号が響いたの。

驚いたラミちゃんは「ぎゃっ」と悲鳴をあげて飛び上がり、柿ピーをバラバラこぼしてしまった。ヒロは椅子からすべり落ちそうになって、カウンターにしがみついたわ。離れたところで他の客と話してたマスターも、２秒遅れて振り返ったのね。

「びっくりさせないでよ、なによなによ」ラミちゃんは動悸を止めようと必死になってたわ。

「あんた今、仕方ないって言ったのか。仕方ないって言っただろ。なにが仕方ないだッ」マシンガンのお株を奪うような實のたたみかけに機先を制されたラミちゃんは、「やめて、やめてよ」と、半泣きになった。

「デブが菓子のＣＭに出たら誰もその菓子を買わなくなるのは、なんでだよ。なんでなんだよ。そこに、そこいらに、いたるところにデブにだけはなりたくないっていうデブ嫌い社会があるからじゃないのか。デブ嫌い社会だから、彼女たちがコンペからはじき出されなきゃならないんじゃないのか。ラミちゃん、あんたデブとして、１匹の巨ブタとして、このことになにも問題感じないのかッ」

「み、實ちゃん、もうちょっと声のボリューム落とそうか」ヒロがおそるおそる言った。

「そうよ、いちばん声のデカイ人が正しいってわけじゃないのよ」ラミちゃんが困惑顔で言ったわ。マスターだけが、實の咆哮《ほうこう》が聴けるなんて珍しいわねぐらいの顔をしてたの。

「やかましいッ」實はおそろしい形相で続けたわ。

「あの人達のダンスは、簡単にできるレベルじゃないって、素人のオレにだってわかる。なにもかもを捧げて踊ってるよ。ラミちゃんだって、そう思うだろ。あそこまでのことをやったのに、やったのにだよ、デブだからって理由だけでつまみ出されるなんて、そんなの我慢できるか、我慢してたまるか。どんだけデブを踏みにじりゃ気がすむんだよ。デブの汗も、デブの涙も、デブの勇気も青春も、ぜんぶデブだって理由だけで踏みにじられるんだ。ラミちゃん、あんたそれを仕方ないって言うのか。仕方ないって思うのかよ、そんなふうに思うなら、ダイエットあるあるのコントなんかやめちゃえ、やめちゃえよッ」

實からめった打ちにされたラミちゃんは、もう完全に面食らってたわ。つい、「あんた、甲子園球児のお母ちゃんだってそこまで応援しないわよ」と、突っ込んでしまったの。火に油を注ぐようなものだったのね。

「うるせぇッ」實が起こす爆風で、ラミちゃんの巨体は吹き飛ばされそうだった。

「デブ嫌い社会に踏みつぶされるデブがいることは、仕方がないことなのか。当たり前のことなのか。オレの元同級生は拒食症で死んだ。あんただって、一歩手前までいったじゃねぇか。それも当たり前か、仕方ないのか。仕方ないのにオレは必死になって止めたのか。どうなんだッ」實がこんなバーサク状態になっているのを、誰も見たことがなかったわ。もちろん、實自身も含めてよ。

「拒食症で死ななくても、デブのままじゃ生活習慣病で死ぬわよ」ラミちゃんはすっかり狼狽して、フツーな返しをしちゃったのね。

「もうそれ、聞き飽きてんねん。生活習慣病で死ぬん、デブだけか」マスターと話していた初老のお客が突っ込んできたわ。またもや不意打ちを食らってたじたじのラミちゃんに、マスターもニヤついてからんできたの。

「デブのままじゃ生活習慣病になるからって、拒食症になるまで追いつめていいってことなの？」

「デブのまま生きたい人かて、おるねんで。デブでも長生きできるよう医学を進歩させろ言うたったらええんや」初老の客が、さらに追い打ちをかけた。

「わかったわよ、すみませんでしたねッ」ラミちゃんは珍しく、やり込められちゃったのね。實の気迫がマジで凄《すご》すぎたせいよ。

その日から實は、闘鬼と化したわ。

Jカップクラブ&シードを守る為に、全力加勢することにしたの。「オレはゲリラ兵だ。汚い手だってなんだって使ってやるッ」と燃えさかっていたわ。

「まず思いつく限りの投稿サイトやSNSに、ダンスバトル・ジャパンの審査が不正に行われていると暴く。焼夷弾《しょういだん》的な暴露記事投稿をネットのあちこちにブチ込んでやる」目を血走らせた實がそう言うと、ラミちゃんは「どうやって拡散するのよ」と、目をしばたたいた。

「ヒロが誇るシモユル・ネットワークの協力で拡散する」

「オレも協力すんの？」ヒロはきょとんとしたけど、鬼の形相の實に逆らえなかった。すぐに「わかりました」と言ったわ。

實は、菓子メーカーとテレビ局が行っているデキレースが視聴者に対して不誠実だという点にフォーカスを絞って暴露記事を書き上げた。とにかく山火事をデカくして揺さぶりをかけ、ダンスバトル・ジャパンの審査を見直させようと目論《もくろ》んだの。本当はデブ嫌い社会の中で追いつめられるデブの現状についても書きたかったけれど、やめておいたわ。「そもそもデブ死んでほしい」だとか、クソみたいなたわごとを書きこむ奴が現れるに決まってる。そうなったら論点がブレブレになって、ゴールから遠ざかってしまうからよ。

作戦はそれだけじゃなかったわ。

實は、菓子メーカーへの意見送信フォームを作ったのね。デブを排除するようなインチキに憤りを感じた日本全国のデブやデブ専が、菓子メーカーへ意見を送信してくれることを期待したの。名前とメールアドレスと意見を入力して送信ボタンをクリックすると、その人のメールアドレスから送信したように菓子メーカーにメールが送れる仕様なのね。

「でもさ、意見を送るなんて、なかなかやってもらえないと思うわよ。文章書くのって大変じゃない」ラミちゃんがそう言うので、實はちょっと考えて言ったわ。

「じゃあ意見文のサンプルをいくつか作って、わかりやすいところに載せとこう。文章を書くのがニガテな人は、サンプルをコピペすればいいんだよ」

すべての作業を、實は驚くべきスピードでこなしたの。ヒロも、ぼやきながらだけど、シモユル網に拡散してくれたのね。

打てる手は打ったわ。あとは、その反響がどうだったかを見守ることしかできない。続々と声が寄せられてくるのか、ほとんど無視されるのか。反響があったとして、期待したような言葉を返してもらえるのか。気がもめて仕方なかった。

そわそわしてなにも手につかない實は、1分に1回ぐらいブラウザの更新ボタンをクリックしていたの。今、實からネットを取り上げたら、赤ん坊を取り上げられた母親みたいに半狂乱になったに違いないわ。

でもね、ここまでの思いで待っても、えてして、ネットの反響なんてしょっぱいのよ。ネット上に巣食う蛆虫たちが、「テレビ局のやらせ」という言葉に反応して食いついてはきたんだけど、彼らはこの問題の本質が「デブ嫌い問題」であることをすばやく見抜いたの。彼らの面倒なところは、知的じゃなくもないところなのよ。それで、彼らは實の期待とぜんぜん違うコメントばかりを寄せてきたの。

「そもそも、デブのダンスのCMなど見たくない。」

「スポンサーだってデブと心中じゃかわいそう。」

「リーダーは40キロやせればそこそこ可愛い。」

「デブ踊るなよ、つかテレビ出んな。それだけで気温上がるわ。」

「地球温暖化の一部はデブのせい、エコの観点からデブ死滅しろ。」

菓子メーカーへの意見送信フォームのログを見てみると、意見を送ってくれた人はひとりもいなかったわ。騒いだのは、単にネット上で叩ける相手に群がりたい奴らだけで、間違いを正そうなんて志は全くなかったのよ。實はまさに、歯ぎしりする思いだったのね。

悶々《もんもん》としていたところに、瀬谷さんから「食事しないか」と連絡が入ったの。

命がけでネットを見守っている最中だったから、あんまり気乗りはしなかったんだけど、でも、藁にもすがるぐらい誰かに助けてほしい時でもあったので、瀬谷さんに相談してみようと實は思ったのね。

瀬谷さんと会ったのは浅草《あさくさ》だったの。

待ち合わせをした雷門《かみなりもん》の前は、出店のべっこう飴《あめ》の匂いが漂ってた。外国人観光客に「乗りませんか」と声をかけていた人力車の青年たちは、實が近づくと即座に「自分の俥《くるま》には乗らないで」って空気を出して目をそらしたわ。

瀬谷さんは老舗《しにせ》の洋食店に實を連れて行ったの。オムライスが有名な店よ。

「うーん、仕方ないよなぁ、それは」

瀬谷さんは實の話を聞き終わると、早速いちばん言っちゃダメな地雷ワードを口にしたのね。瀬谷さんと實は、店中の注目を浴びるような口論を繰り広げることになっちゃったのよ。

「仕方ないとはなんだ」という實の怒号と、「常識がないのか」という瀬谷さんの大喝《だいかつ》は、まったくの平行線なのが誰にでもわかったわ。なぜか瀬谷さんは、このときに限って強情だったの。それで、實もつい声を荒らげてしまったのね。

「あんたデブ専のくせに、デブの味方はしないのか。やっぱりそうだよな、あんたは脂肪に欲情するだけで、デブの希望やデブの幸福にはなんの興味もないんだろ。デブを嗤う人間とまったく同じだろ、脂肪しか見てねぇなら」

「会社の経営者になってみなさい」瀬谷さんも珍しく、實に嚙みついたわ。

「経常利益が5％でも減収になったら、経営者の心中はそりゃ地獄だ。株主からも社員からも無数の矢が飛んでくるんだ。ＣＭによって売り上げが減るリスクは避けて当然だ。でなければ、経営者はどう申し開きすればいい？　世間のことを知りもしないで、わかったような口をきくんじゃない。私についても、勝手なことを言わないでもらいたい」

實は顔を真っ赤にして巻き返した。

「責められることにビビってリスクを背負わず、現状維持ばっかり考えるのが経営者か。スティーブ・ジョブズがあの世で笑うね。志も信念も理解力もなく、なんのために経営者になったんだ。美味《おい》しい汁を吸うためか。だから責められるのが怖いんだろ。そりゃそうだよな。志も信念も理解力もないのに責められたら心がポッキリ折れちゃうもんな。あんたみたいなことを言う人間が日本経済を停滞させて、若者から夢を取り上げるんだよ。消費を冷えつかせて、国民から希望を奪うんだ」

「そう言うキミは、リスクを背負ってるのか。ずっとデブ専バーでデブ専にかまってもらって、食って寝てるだけじゃないか。家とデブ専バー以外に、キミが行く場所なんかあるのか」

瀬谷さんにそう言われて、實はまっ青になって思わず立ち上がったわ。瀬谷さんはたじろいだような顔で、實を見上げた。實の凄まじい怒気に、絶句していたのね。

「じゃあ……、じゃあ……」

の。

實は、わなわな震えてしまってうまく声が出せなかったけれど、振り絞るように言った

「じゃあ手始めに、瀬谷さんと決別することにします。もう、こんなふうにふたりで会うことはあり得ないです」

實は財布から1000円札を取りだしてテーブルに置き、早足で洋食店を出たわ。

瀬谷さんは實を追いかけることも、呼び止めることもしなかったのね。

午後の陽差しが、じりじり肌を焼いた。浅草寺《せんそうじ》から流れてくる、焦げ臭い線香の匂いが鼻をついたわ。

「ずっとデブ専バーでデブ専にかまってもらって、食って寝てるだけじゃないか」

そう吐き捨てた瀬谷さんの顔が脳裏にちらついた。それをかき消すために實は、「ああああああッ」と叫んで駆け出さなければならなかったの。

カメラを下げた外国人やバスツアーの客が、目を丸くして巨デブの大暴走を見ていたわ。

瀬谷さんに言われなくても、自分がデブ専界のぬるま湯でふやけた肉の塊であることぐらい、實はとっくに自覚してた。でも、瀬谷さんからだけは、そんなこと言われたくなかったの。

ちくしょうッ、むかつくッ、バカみたいな茶番につきあってデブ崇拝のご本尊にもなっ

たのに、あのクソじじい、本心では思いっきりオレを見下してたんだ。

そう思うと、腹の底から屈辱感がこみ上げたのよ。實は、全速力で走らずにはいられなかったの。

15

叫びながら走ったせいなのか、實は急に食欲のスイッチが入ってしまったの。瀬谷さんとの舌戦のせいで、オムライスを半分も食べられなかったしね。松屋《まつや》に飛び込んで、カレギュウ大盛プラスソーセージ半熟玉子を爆食したのね。

けっこうな速度で皿からカレーやソーセージが消えていった。居合わせたサラリーマン客が、「妖怪かよ」ぐらいの目つきで見ているのに、實は気づいたわ。實はサラリーマンを見据え、口角を上げながらすごんでみせたの。實の戦意のあらわな笑顔に震え上がって、サラリーマンはあわてて顔を伏せた。

食べ終わって實は、勢い良く立ち上がって「お会計！」と叫んだの。サラリーマンにあてこするかのように、悠然と出て行ってやると思っていたのよ。そしたら店員に「うち食券なんで、もう頂いてますが」と真顔で言われたの。プッと噴き出すサラリーマンの心の声が聞こえてきそうだったわ。

アドレナリン爆発のバトルモードに入っていたところに、不意のカウンターパンチを食らってしまった。勢いがついていただけに、ノックアウトされた實の心は瞬時にボロ布同然になって、4日ぐらい寝込まないと復活できなそうだったのね。がっくり肩を落として、すごすごご店を出たの。

歩き出すと、心の痛みがじわじわと疼《うず》きだしてきたわ。瀬谷さんの言葉が繰り返し脳内で再生されたけど、もう叫んで走るだけの気力も残っていなかった。歩き続けられなくなって、實は立ち止まって空を見上げたの。

さっきまで真珠色だった雲が、ほんのりとピンクに染まりはじめていたわ。

そこに、部活帰りの男子中学生の集団とすれちがった。弾《はず》むような笑い声が通り過ぎていったわ。そしてその後ろを、ひとりでとぼとぼと帰宅する肥満少年も見かけたの。實はひりつく気持ちを抱きながら、制服の背中をぼんやり見送ったわ。

時間はだいぶ早いけど、とりあえず店に行こう。

そう思って店に向かう途中、上野公園入り口の前を通りかかった。

オレはこの公園のベンチで途方に暮れていたところを、マスターに声をかけられたんだった。あの頃はまだ17歳で、初めて差しのべられた救いの手のような気がした。それで、デブ専ゲイバーの世界に飛び込んだ。

あれから何年も経っているのに、自分の心はまだあの日のままだ。どこへ歩き出したらいいのか、全然わかっていない。今日までただ、ぬるま湯につかって時間稼ぎをしてきただけなんだ。

ヒリヒリする現実を嚙み締めながら、實は公園の中を通り抜けていったの。

マスターと出会ったベンチには、ホームレスの老人がペットボトルの入った紙袋を抱えてすわってた。老人は通り過ぎようとする實と目が合うと、なんだか知らないけど親しげにほほえんできたわ。ベンチの端に移動して、荷物を自分のほうに寄せたのね。實のためにすわる場所を空けたように見えたの。實ははじかれたように早足になって、そこを離れた。ここが、君の居場所ですよと、ホームレスに言われたような気がしたのよ。

ぬるま湯から飛び出していったところで、オレは何度も何度も、またこのベンチに戻ってくるのではないだろうか。

そう思うと、背中にずっしりと孤独の重みを感じたわ。帰るところのない野良犬のように、實は上野の街をぐるぐる歩くしかなかったの。

「17歳のときのように歩いても、17歳に戻れるわけじゃない」

そうつぶやいてまた空を見ると、空は暗い青に変わってきていた。街中が、しんしんと青く染まっていくように見えたわ。

商店街ではスーツを着た青年が、「幸せですか、幸せですか」と通行人に声をかけていたのね。そして實に気づくと、表情をこわばらせて黙った。實のことを覚えていたらしいわ。でも、今日の實は、追いかけて嫌がらせをする気にはなれなかったの。

「家とデブ専バー以外に、キミが行く場所なんかあるのか」

瀬谷さんの言葉を反芻《はんすう》しながら、結局、實は『ぐるぐる』に向かったわ。

重たいドアを開けると、店にはラミちゃんとヒロがいたの。

「遅《おせ》ぇじゃん！」ヒロは言った。

「待ってたのよ」と、ラミちゃんがそう言って、笑いながら實の腰を叩いてきたわ。

なんでテンション高いんだよ、めんどくせぇ。

そう思った實がバッグも置かないうちに、ラミちゃんが言ったの。

「ほら、例のデキレースの件をネタにして、コントを作ろうと思ってるのよ」

「マジで？」實はびっくりして、瀬谷さんのことも松屋のこともベンチのことも忘れた。

「やめたほうがいいと思うよ」實はそう言ったわ。「スポンサーやるような企業に嚙みついたら、テレビに出られなくなるよ。干されるよ」

「干されるもなにも、あたしタレントじゃないわよ。美貌は女優並みだけど」

「にしても、今は選択肢があるわけでしょ、それがなくなっちゃうかもしれないじゃん」

だからこそ、今まで實はそんなことを頼まないようにしてたの。でも、ラミちゃんはあっさり言ったわ。

「いいのよ。あたし達、テレビに出たいなんてぜんぜん思ってないもん」

言葉に詰まった實に、それからラミちゃんはやけにおずおずとつけ加えたのね。

「それにさ……、ああ、いいや、やめとく」

「なんですか、言いかけてやめるの、やめましょうよ」實がせっつくと、ラミちゃんは恥ずかしそうに言ったわ。

「いや、あのね、實はさ、命の恩人……とまでは行かないけど、その一歩手前ぐらいの人なんだから。これぐらい返してもおつりは来ないかなってね」

そっぽをむいたラミちゃんの陰から、ヒロも、にっこりして言ってくれたわ。

「さっき、メシ食いながらふたりで台本作ったからさ。店が終わったら撮影して、とっとと公開しちゃわない？　決勝まで時間がないわけだし」

ほんのさっきまで孤独な野良犬と化していた實は、自分の気持ちに戸惑って立ち尽くしてしまったの。

「なに、あんた。なに固まってんのよ」ラミちゃんが眉間にしわを寄せてのぞき込んできたけど、なんの反応もできなかった。ねじれデブだけに、自分の中にわきあがってきたものがなんなのか、すぐにはわからなかったのよ。泣きたいのか笑いたいのか、それすらもわからなかった。

ずっと探し続けてきたものがカバンの中にあったみたいな、道に迷っていたら突然なつかしい町に出たみたいな気持ちだったわ。

マスターに上野公園のベンチで拾われて以来、實はこの店のカウンターに立ち続けた。それは、このデブ専バーの客が自分の脂肪に群がってくれるからだと、實は思い続けてきたの。でもこのとき、心の中の、もっと深い場所に隠されていた想いにやっと気づいたのね。なぜ、ここにずっと居続けてきたのか。

オレはここで、仲間を作ってきたんだ。

湖底から大きな水泡が上るみたいに、そんな言葉が浮かび上がって、脳裏にはじけたわ。中学生の頃に友達を失って以来、自分は仲間を求め続けていたんだということが、今はっきりとわかったの。それはねじれた心の奥深くにひっそりと蹲《うずくま》っていた欲求だったので、實自身も意識してこなかったのよ。

でも本当は、どうしてもどうしても仲間がほしかった。だから、それを得るためにここに居続けてきたんだと、實はこのとき、やっと素直にそう思えたのね。ラミちゃんが拒食症になったときのいたたまれなかった気持ちも、仲間になってくれる人を失いたくないという思いが作用していたせいなんだって。

瀬谷さんからはデブ専にかまわれて食って寝てるだけだと言われたけど、そうじゃなかった。心の底から欲しかった「仲間」を、實はコツコツとここで作り続けていたの。何年ものあいだ、それに気がつかずにいたのよ。

「ありがとう」

言葉って、もっと気軽に出せるものだと實は思ってた。その一言を言おうとして心が震えちゃうことなんて、今までなかったの。でも、このとき胸がいっぱいになってしまったから、顔面に思いっきり気合いを込めないと絞り出せなかったわ。

自分がどの方向に進んでいったらいいのか、まだまだ見えてはいない。でも、自分に仲間がいることだけはわかった。ラミちゃんとヒロが、わからせてくれたの。

どんなに迷っても、仲間がここにいる。

仲間がいれば、どんな場所でも、そこが居場所だ。

この思いがこの先の道をきっと照らしてくれるだろうと、實は思ったわ。

ラミちゃんとヒロは、おもしろおかしいながらもかなり真剣に、ダンスバトル・ジャパン問題についてのコントを演じてくれた。動画のラストには、菓子メーカーに意見の送信をしてくださいというお願いもつけ加えてくれたの。

「反響、あるかな」實がそわそわして言うと、ヒロがなだめたわ。

「いままではやみくもに拡散してただけだったけど、ラミちゃんファンは、もともとデブとかダイエットに関心のある人たちでしょ。たぶん大丈夫だと思うよ」

こういうヒロの読みは当たったり外れたりだったけど、實は、そんなヒロの言葉にもすがりつきたい気持ちだった。

「心配したってしょうがない、ケ・セラ・セラよ」ラミちゃんはそう言って、むかつくビブラートで歌いはじめたわ。

實は脳天から蒸気を吹き出す勢いで、撮影した動画を編集した。テロップに挿入した文字がゲシュタルト崩壊を起こすほどだったけど、かまわずPC画面に齧りついたわ。目の下にクマを作って編集を終え、公開の実行ボタンをクリックすると、燃え尽きた脂のカスと化して全身から煙を出しながら眠ったの。

そして昼下がりに、實は目を覚ました。

ＰＣの電源を入れるのが怖かったわ。

これで何の反響もなかったら、もう、お手上げだもの。

祈りを込めながら、震える指先でパソコンの起動ボタンを押し、ネットにアクセスしたのね。

そこに、奇跡があったの。

ラミちゃんたちの新作コントの動画再生回数は、すでに数十万回を超えていた。これはいつものことなので、驚くことではなかったの。問題は、菓子メーカーへの意見送信フォームのログよ。これまでは、きれいさっぱりの０件だった。

「あああ、ちびるっ」

声を震わせながら、實は意見送信フォームのログを見たの。

画面を見て、實はまっ青になったわ。

「ウソだろ、こんなの」思わず、つぶやいたの。

意見フォームの送信件数は、１０００件近くにもなっていたのよ。

ヒロの読みは、的中していたわ。ラミちゃんのファンには、デブ嫌い社会に少なからず問題意識を持っている人たちがたくさんいたの。しかも、その人たちはちゃんと声を上げてくれる人たちだったのよ。

起き抜けのお茶一杯を飲むのも忘れ、實は目を血走らせてログを読んだ。興奮のあまり、肩や膝がカタカタ震えたわ。まさに、むさぼるように読んだの。

「私は太っている人がＣＭに出たとしても、その商品がおいしそうだったら買います。太っている人がＣＭに出ているからって、その商品にネガティヴなイメージを持つことはありません。どうか、ダンスバトル・ジャパンの審査については公正な判断をお願いいたします。」

「ダンスバトル・ジャパンの不正審査の噂を聞いて、がっかりです。ＣＭに太っている人が出てはいけないなんて。太っている人が出演しても、太りそうと思われないような演出だってあると思います。本当にデキレースを行うのであれば、もう御社の商品は買いません。食べるたびに不愉快になるからです。」

「自分たちの商品が肥満者を作り出している側面だってあると思います。太った人が健康にやせることを助成したっていい立場だと思いますよ。太った人がＣＭに出ると困るというのは、身勝手で無責任な態度だと思いませんか。」

實の望んだ通りの意見が並んでいたわ。

膨大にあるログを全部読んでやろうと、實はますます興奮して画面に見入ったのね。

そして、しばらくすると。

實の震えが止まり、パンパンに張っていた背中の筋肉から力が抜けていったわ。時折、こらえきれなくて「うう」と声が漏れてしまったの。

「私は中学生の頃、デブのクラスメイトをいじめていました。無視したりもしていました。仲間の輪からはじき出していました。その子はなにも悪いことはしていないのに、キモイと言ってばい菌扱いしたんです。たぶん、その子は傷ついたと思います。子どもだった私は、人の気持ちを考えてあげることができなかったんです。その子に会って、あやまりたい。その子が幸せになっていることを心から願っています。御社も、中学生の頃の私と同じようなことをしようとしているなら、やめてください。必ず後悔します。」

「私も主人も結婚してから太りましたが（もちろん貴社のお菓子もよく食べています）、

お互いを嫌いになったりしません。太ることをいやがらない人だっています。太っていたって、かわいい人はかわいいです。大人になってから、そう思うようになりました。太っている人を排除しないでください。良識のある審査をお願いいたします。」

「太った人とつきあっています。でも、すごく優しくていい人で、仕事ができる人です。そんな彼も、太っているから、表立って商品の応援をされちゃ困る人になっちゃうんですか。それは、非常に残念です。小学生の頃、みんなでデブの子をいじめていました。私はかばってあげられなかったことを、今でも悔やんでいます。人を見た目で差別するなんて許されないことなのに、太っている人にはなぜ、平気でそういうことをするのでしょう。」


中学生の頃に自分の心を粉々に砕いた奴らのことを、實は思い出してた。

ずっと恨んできたわ。自分を傷つけたことを一生後悔させてやりたいと、呪ってたのよ。でも、あの頃の中学生はいま、やさしい大人に成長しているのかもしれないと思えてきたの。

時を超えて、彼らから、彼女たちから、手紙を受け取ったみたいだった。

「ごめんね」という声が、聞こえてきた気がしたの。

實の耳に。

彼らの声で。


口から、出したことがないような声が出た。

目と鼻から、驚くような量の涙が出た。

全身から、温かくて濃いなにかが発散された。

空中に向けて。


實は椅子にすわっていられなくなって、床に丸くなり、吐きだすように泣いたわ。

どんなに、どんなに、どんなに待ったことだろう。

彼らからの「ごめんね」を。


たくさんたくさん泣いたあと、人はそう感じるものだけど、實も泣けるだけ泣いて思ったの。

オレはいま、もう一回生まれ直したんだ。

泣き終えて顔を上げたとき、實の顔はもう、ねじ曲がったデブの顔じゃなかったわ。

決勝の日までに、送られた意見の件数は最終的に２０００通にも上ったのね。

ネット上で、けっこうアツイ話題になったの。デブの存在の賛否、企業とマスコミの裏工作への批判や擁護や派生意見などで沸きに沸いたのよ。Ｊカップクラブ＆シードの名前は、ただ深夜枠のコンペ番組に出場したというのよりも、何倍も知れ渡ったわ。決勝戦の視聴率は、深夜とは思えない、ものすごい数字になった。

でも、結論から言うとね。

Ｊカップクラブ＆シードは優勝できなかったの。

デキレースであるという証拠はなにも明るみには出ていなかったし、番組とスポンサーはネット経由のさまざまな意見は無視する方針を決めたらしいのよ。マスコミもこの件を黙殺した。ネット上でこれだけ大きな動きだったのに、どのマスコミも一切この件には触れなかったのね。

あくまでも正当に審査した結果なのか、それともデキレースを強行したのか、それはわからないわ。とにかく、Ｊカップクラブ＆シードは優勝しなかったの。

審査発表の際、対抗チームの名前が呼ばれ、イケメンダンサーチームのメンバー達が抱き合って喜んでたわ。たしかに上手だったし、ひとりひとり個性のあるイケメン揃いだった。でも、彼らのダンスはテレビでよく見るようなものだったわ。こんなにイケメンが集まっててダンスのレベルも高いところを見ると、実はどこかのプロダクションに所属するタレントの卵達なのかもしれないわね。番組への出演自体が、プロモーションの一環だったように見えなくもなかったの。

でもね、それからだったの、Ｊカップクラブ&シードが、その真価を発揮したのは。ダンスバトル・ジャパンでの彼女たちのパフォーマンスがＹｏｕＴｕｂｅで公開されると、ネット上で一躍有名になった彼女たちのダンスを、すばらしいと評価する人が日増しに増えていったのよ。全員が巨デブというキャッチーさに惹きつけられて、最初はからかい半分に動画を見る人が多かったんだけど、次第に心を摑まれていったの。

實はコメント欄から、「自分たちでオリジナルの動画を制作して公開し、広告料を得るべきだ」って進言したのね。

そのコメントを受けてなのかどうかはわからないけど、彼女たちがオリジナルの動画を制作して公開すると、その動画は世界中からアクセスされるようになって、再生回数は400万回を超えるまでになった。それだけじゃないのよ。彼女たちの踊りを真似して踊った動画をアップする人が世界中にあらわれたの。すごい人気よね。

それにくらべて、ダンスバトル・ジャパン優勝者のイケメンチームは、菓子のCMに出演した後は特になにも露出がなくて、誰も思い出さなくなっていったのよ。

16

ダンスバトル・ジャパンのデキレースの噂は、事前にたまみの耳にも、もちろん他のメンバーの耳にも届いていたの。でも、みんな意外と動揺してなかったわ。大先生も「あんたたちの目的は世間にダンスを見せつけて人々の意識を変えていくことであって、コンペに勝つことじゃないだろ」って言ってたしね。

それよりももっと、大変な事態になっていたの。こんなコンペに勝つとか負けるとか、そんなことが吹っ飛ぶぐらいの大逆風よ。

ダンスバトル・ジャパンの予選を軽く勝ち抜いていったたまみ達だったんだけど、本戦第1回目の放送の直後、里香のご両親が東北からやってきちゃったの。

「娘さんがテレビに出てたよ」

誰かからそう聞いた里香のお父さんは、里香の兄にネットで調べさせたのね。兄が見つけたのは、よりによって例の発表会の動画だった。最悪の角度で撮られた、あの悪夢みたいな動画だったのよ。必然的に、あのひどい中傷コメントも全部お父さんの目に触れることになってしまったの。さらに、里香がデブ専キャバクラで働いていることまでバレてしまったわけなのよ。最悪の連鎖よね。

「どうしよう、里香ちゃん煮込みハンバーグにされちゃう」たまみは焦ったわ。

リーダーとして、たまみはご両親の説得にあたった。以前のたまみならちびっちゃいそうな修羅場《しゅらば》に立ち会うことになってしまったの。

「あの、里香さんの希望を尊重してあげてはいただけませんでしょうか」

たまみはびびりながらも、ひたすらご両親にお願いしたわ。自分たちは真剣なんだと必死に説明して、理解を求めたの。でも、ミニラみたいな顔した里香の父親は頑として耳を貸さなかった。

「東京の保育園に勤めてぇって言うがらはぁ、うちから出すてみだら、なんだべこのザマは。いっくら田舎者でも自分の娘っ子がよぉ、こんな不細工ななりを世間にさらしてはぁ、親としては忍びねんだわホントに」

「私たちは不細工じゃありません」たまみは低姿勢ながらも毅然《きぜん》として言ったけど、「ふざけんでねぇッ」と、里香の父親に一喝されて首をすくめてしまったわ。

「不細工だっぺホントに。あんたら揃いも揃って、よくまぁこんなブクブク肥《こ》えで、誰が嫁にもらうがはぁ」ミニラみたいな顔なのにゴジラを超える威力の放射能を吐く父親に、たまみは絶句してしまったの。

「あんたらはよぉ、真剣にやってるって言うけんどもよぉ、世間から見たらはぁ、まともな神経に見えねんだわホントに。こんなでけぇ腹揺らしまくってよぉ、テレビさ出んでねぇ、みっともねぇ」

「そういうことを言う人がいるから真剣にやってるんです」と、たまみは努めて冷静に言い返そうとしたけれど、不意に涙がこみ上げてしまった。

その瞬間、たまみの脳内にあの言葉がよみがえってしまったのね。

「あんた、みっともないわね」

「あんた、みっともないわね」

「あんた、みっともないわね」

引き戻されちゃだめなタイミングで引き戻されちゃったのよ。たまみもまだまだ修行中だからね。それでもたまみは必死で言ったの。

「じゃ、じゃあ、デブはうじうじと陰にひっこんで自分を蔑《さげす》んでろっておっしゃるんですか。里香さんも私も、ずっとそうしてなきゃいけないんですか。里香さんも私も、それで幸せだって思いますか」

もういっそ、万希にウェスタンラリアートを炸裂させてもらって終了させたかった。

「バカこの、わざわざ世間に笑われるのが幸せだっつだか。頭さ狂ってんでねが、このブタねえちゃんはホントに」

里香はただ黙ったまま、目からぼたぼた涙を落としていたわ。

たまみは振り絞るように言ったの。

「いまは笑われてても、笑われないようにしてみせます！」

でも、もっと大きい声がたまみの声をかき消してしまったわ。それは里香の母親の叫び声だったのよ。

「やめでぇぇッ」

里香の母が顔に血管を浮かせて大音声を轟かせたの。顔は涙と鼻水とよくわからない液体でぐっしょぐしょだったわ。

「里香ちゃん、うちさ帰って来で。帰って来でよぉッ」そう言って大声で号泣しはじめた里香の母に、たまみはもう何も言えなくなってしまったの。いつのまにかそばに立ってた大先生が、静かに首を横に振ってた。

里香が「ごめんなさい、ごめんなさい」と何度も頭を下げながら、泣く泣く両親に連れられていくと、深いため息とともに大先生は言ったわ。

「……たまみが吐く正論よりさ、これまで里香と親が作ってきちゃった関係のほうが強いんだよ。その関係の中では、何が正しいとか正しくないとか、そんなの意味ないの。里香がその壁を乗り越えない限り、他人がいくら正論吐いたって、どこにも進めやしないんだよね」って。

とにかく、準決勝を目前に控えてのまさかの欠員をどうカバーするのか、それを考えなきゃならなかったわ。たまみ達は車座になって緊急会議を開いたの。

最初に意見を言ったのは、万希だったわ。

「今から新メンバーを探すなんてムリだし、見つかったとしてもズブの素人だろ。付け焼き刃で呼吸を合わせられるなんて、あり得ない。振りつけを6人編成で構築し直したほうがいいよ」

それに対して、妃都美と麗が反論したの。

「でも、7人で踊るからこその見せ場がたくさんありますわ。1人の素人を6人でカバーするほうが、見せ場を減らさないですむのではなくて?」

「最終的に6人でやるしかなくても、今はまだ新メンバーを獲得することを考える段階なんじゃないかな。もともと里香は、フフ、言っちゃなんだけどダンスのレベルはいちばん下だったでしょ。だいたいはじっことか、うしろのポジションじゃん。きっとカバーしやすいと思う」

「新メンバーなんて、どこをどうやって探すんだよ」万希が腕組みして言うと、「えーとぉ」ミユが新メンバーの要件を数え上げた。「デブでさぁ、ダンス経験があってさぁ、ヒマな人。なんだか、絶望的な感じがしてきた。いないよねぇ、そんな人」

みんな、黙ってしまったわ。思考を放棄中の夏海が、口のまわりを砂糖だらけにしながら、あんドーナツを食べてた。

「あんた、食ってんじゃないよ」万希がたしなめたわ。

「サーターアンダギーは食べないくせに、あんドーナツは食べるんだね」ミユが口を尖《とが》らせて言ったのね。

たまみもしばらく黙って夏海があんドーナツを食べるのを見てたんだけど、突然、脳内に閃光のようなものが駆け抜けた。ハッと顔を上げて、たまみは叫んだの。

「いるッ、ダンサーいるッ！」

街の中を6人の巨デブが縦一列になって走ったわ。

通行人は恐怖にひきつった顔で振り返った。

そして十数分後、たまみが勤める和食店に、殺人事件もかくやという甲高い女の悲鳴が轟いたわ。和食店のバックヤードで6人の巨デブ女が輪になって、ひとりの女を取り押さえてたの。

「ちょっとカラダが足りないかな……」万希が言ったわ。

「フフフ、衣装に綿入れりゃいいじゃん」麗が言った。

「そんなに足らなくないのではないですかー？　ほらほらー」夏海が捕らえた女の体をぽんぽんとチェックしていくと、「ひぃぃぃ」と女は声を震わせたわ。

捕獲されてたのは、もちろん彩香ちゃんよ。彩香ちゃんは逃げられないようにがっちりホールドされたまま、6人の巨デブからかわるがわるに、ダンスに参加するよう説得されたのね。

「いやッ、絶対にいやッ。あたし、脂肪吸引してやせるんだからぁッ」

バイトもしてなくて金もないくせに、彩香ちゃんはそう叫んだわ。

全員が渾身の説得を30分も続けたんだけど、彩香ちゃんは頑固にかぶりを振って拒否し続けたの。メンバーそれぞれの顔に、じわじわとあきらめの表情が浮かんだわ。

そのときよ。

「やりなさい、彩香」と声が聞こえてきて、振り返るとそこにいたのは和服に身を包んだ女将さんだった。女将さんは静かに歩いてきて、彩香ちゃんに正対したわ。その背後には、板長や板前さんや仲居さんまでもがずらっと並んだのよ。

「この人たち、極道……？」と、ミユがつぶやいて、妃都美にぶたれてた。

低く、静かに、女将さんは告げたわ。

「やりなさい。あんた、これが最後のチャンスよ」

すごい眼光だった。彩香ちゃんは呑みこまれたように黙ったの。

「彩香ちゃん、やるべきですよ」

「そうよ、せっかくのチャンスじゃないの」

板前さんや仲居さんも、口々に言ったわ。

彩香ちゃんは絞り出すように「ああああッ」と叫んだけど、目はもう観念している目だったのね。

不義理なやめ方をして大先生のもとを去ってから2年近く。20キロ以上も太った彩香ちゃんは、スタジオで大先生と再会して、すっかり萎縮していたわ。

大先生はそんな彩香ちゃんに歩み寄ると、その髪にさわって一言、「おかえり」と言ったの。みるみるうちに彩香ちゃんの目に涙がもりあがり、はらはらと頬にこぼれはじめた。

「長い間、不安だっただろ。寂しかっただろ」大先生は、驚くほどいたわりに満ちた声で、そう言ったわ。

「頑張れるか」大先生の問いに、彩香ちゃんは腹を決めたらしく「はい」と答えたわ。

大先生からあんなふうに言われたら、そうなっちゃうじゃない。大先生は、わざとオーラを全開にして彩香ちゃんをマインドコントロールしたのよ。カリスマオーラを全開にしたり引っ込めたりできるところが、大先生のすごいところなの。

「食えないオバサンだなぁ」と、たまみは思ったわ。

準決勝まで、あと4日しかなかった。

仕事に行っていたら間に合わない。

たまみとメンバーたちは、4日間の休みをくださいとそれぞれの職場に頼み込んで、特訓の時間を作ったわ。スタジオ近くのホテルを押さえて、合宿よ。4日の間、スタジオには毎日、女将さんから仕出し弁当と、Jカップクラブの常連さん達から差し入れが届いたわ。

進一郎の預かり手さんは、鬼怒川《きぬがわ》にある会社の保養所に進一郎を連れて行くよと言ってくれた。筏《いかだ》で渓流を下るんだと言って、進一郎はウキウキしてたの。

驚いた事に、当初乗り気でなかった彩香ちゃんは、たった1時間でコンテスト用の大まかな振りつけを覚えてしまった。とても4ヶ月の女とは思えない集中力だったの。次の1時間ではフォーメーションも頭に叩き込んで、他のメンバーから「すげえ」「でも顔がコワすぎ」とか言われたのね。

発表会を見たとき、実は、彩香ちゃんは密《ひそ》かに愕然としていたのね。子どもの頃からバカにしていたたまみが、奇跡のように輝いていたんだもの。「本当だったらダンサーとして舞台で輝くのは自分だったはずなのに」そう思うと、今さらながらダンスへの未練が湧いてきたの。でも、そんな気持ちを誰にも気づかれないようにしていたのよ。

同時に彩香ちゃんは、7人のメンバーが作り出していた一つの生き物のようなシンクロと「気」に圧倒されてもいたのね。たまみ達6人からダンスに参加しろという説得を頑なに拒否しようとしたのは、自分がその中に入っていけるのか不安だったからよ。

でも、まさにその不安が、4ヶ月の女の人生初めての「必死」を生み出したの。がむしゃらに喰《く》らいついていく彩香ちゃんを、たまみは初めて見たわ。

練習初日はとにかく、彩香ちゃんは角度や止め位置について繰り返し繰り返し質問したの。あやふやにしか覚えてない部分があったミユは、「それじゃダメじゃん」と、逆に言われちゃってたぐらいよ。

2日目には、かなりの部分が出来上がったわ。もちろん付け焼き刃的な危なっかしさはあったけど、必死に気を合わせようとする彩香ちゃんに全員が刺激されて、里香がいた頃とは別の空気を作り出したのね。

いつだったか大先生は、ダンスには人間性がにじみ出ると言っていたけれど、それは本当なんだなぁと、たまみは思ったわ。違う色の絵の具を混ぜたことで、チーム全体がこんなに違う色をつけていくんだもの。

3日目には、大先生が練習を見に来たわ。はじめは厳しい顔で見ていた先生の顔が、「大丈夫じゃん」みたいな表情になった。細かいところを指摘したあと、先生はちょっと笑顔を見せて「頑張れよ」と言って去っていったのね。

4日目のブラッシュアップ練習が終わった時、彩香ちゃんがたまみの前に進み出て来た。初めてたまみをまっすぐに見つめて「明日、よろしくね」と言ったわ。「あたしやっぱり、踊るのが好き。ありがとう、明日、頑張るからね」ちょっとはにかんで、そう言ったの。

そして翌日、準決勝に勝利すると、彩香ちゃんはボロ泣きしながら、「ありがとうございます、本当にありがとうございます」と、全員に向かって頭を下げたわ。

それから3週間後。

ダンスバトル・ジャパンの決勝戦の日を迎えたわ。

ふたたび特訓を重ね決勝戦に臨んだたまみたちだったんだけど、デキレースの噂は本当だろうし、優勝はないなって最初からわかってたの。メンバーたちは少しもピリピリしなかった。楽屋の雰囲気は和やかだったわ。

「フフフ、ミユってイケメンチームの坊主頭の奴、タイプでしょ」

「わかりやすいブタですこと。焼肉カルビを見るのと同じ目で坊主頭を見てましたわ」

麗と肉の女王に冷やかされたミユがはにかんで、「うすッ、やりたいさぁ」と答えたから、みんな爆笑したの。そして、全員でミユをボコボコにしたの。

本番では、いままでで最高のダンスが見せられたんじゃないかと、たまみは思ったわ。

自分たちのダンスを、スタジオ中が固唾を呑んで見守ってた。

すべてのダンスは生きる歓びを表現していると、大先生に言ったことがあった。たまみはそれを思い出したの。

踊っていると本当に、生きてることがうれしいと思える。

生きる歓びをみんなが表現しあう場で、巨デブの自分たちも踊ってるんだって、しみじみ思ったのね。「経験」が、またひとつ増えたんだって。

私は、知りたい。この経験の積み重ねが、自分をどこに連れて行ってくれるのか。そこでも私は、踊っていたい。

スタジオ中からの拍手を浴びて、たまみは叫びそうだったわ。

「もっと踊りたい。もっと、どんどん踊りたい」

結果は予想通りの敗退だったけど、全員が温泉でひとつ風呂浴びたような顔でテレビ局を出たわ。そしていつものように、それぞれの店に出勤していったの。

17

ダンスバトル・ジャパン決勝戦の2日後に、デブ専キャバクラJカップクラブで準優勝のお祝いパーティが開かれたわ。彩香ちゃんとたまみも、その日だけはキャバ嬢になったみたいだったの。ふたりのファンになったお客さんがいっぱいきていたからね。

辻堂拓也に会えるかなとたまみはひそかに期待していたんだけど、彼は来なかった。

決勝が終わってすぐ、たまみは敗退したことを知らせるメールを拓也に送ったのね。拓也から「テレビ見てたよ。でも、これからだよ」という返事が来たわ。

それを最後に、ここのところ連絡をとっていなかった。

チームを結成して以来、ゆっくりメールのやりとりをする余裕もなかったわ。拓也のことを思い出すことは何度かあっても、メールを送る体力なんて残っていない毎日だったのよ。

元気にしているのだろうか。

ふと、拓也との隔たりが意識に上ってきて、いい知れない不安を感じてしまった。

「元気ですか」とメールを送っても、拓也から返事はなかったの。

返事がきたからといって、拓也にかまけていられるわけではなかったんだけど、やっぱり気になったわ。我ながら勝手だなと思った。

その時よ。「オレは許せない！」とデブ専スーパーブロガーが叫んだわ。

「なにがですか」と問いかけた新宿店のスリム店長をキッとにらみつけて、「なにがですかじゃないよッ」と、どやしつけたの。店長は全くびびってなかったけどね。

「デブをCMに出したくないというスポンサーも、しれっとデキレースをやってのける制作会社も、それを黙認してるテレビ局も、これだけネットで騒がれてるのに一切報道しないマスコミもッ、オレは許せないんだッ」

「デキレースだったのかどうかは、残念ながら確証はないのでありますー」夏海が興奮するデブ専ブロガーをなだめようとしたんだけど、彼はますます声を荒らげたのね。

「君たちねぇ、対抗チームとのレベルの差がどれだけあったか、わかってるんですか。あんなイケメンのクソ踊りなんて、たいして上手《うま》くなかったじゃないですか。特にあの坊主頭は回らなくていいとこで回ってアレ？　みたいな顔してて、そのバカ面がアップで映ってたんですよッ」

ミユが「でも、あたしはヤリたいさぁ」と言ったわ。

デブ専ブロガーはミユを黙殺して、たまみをカッと見据えて迫ってきたの。

「たまみちゃん、あんたリーダーとして、どう思ってるんだよ。世界を変えるんだろ。これなんか、デブいじめの最たるものじゃないか。黙っていいんですか」

黙って聞いていた妃都美が、冷たい笑顔で口を開いたわ。

「たしかに、スポンサーや番組に対して批判が殺到していたのに、マスコミはキレイさっぱり無視でしたわね。デブがどうなろうと知りませんてことかしら」

「フフフ、デブの味方になってもメリットないと思えば、これっぽっちも採り上げないのがマスコミだよ。『報道しない権力』みたいの持ってるからね」麗も頷きながらそう言った。

デブ専ブロガーは、アタリメを歯でひきちぎった。

「ねじ曲げるんだよ、マスコミは。世の中をバカにしてるんだ。あんなイケメンのタコ踊りのほうが君らのダンスより素晴らしかったことにしろって資本が言えば、それに追従するんだよ」

たまみは背すじを伸ばして言ったわ。

「大事なのは優勝することじゃなくて、私たちがどこにたどり着くかなんですよ。優勝しようとしなかろうと」

「そりゃ確かにそうだよ。でもね、気をつけろとオレは言いたいの。マスコミは、これからだってなんの助けにもなってくれないし、ヘタしたら敵になるかもしれないだろ」デブ専ブロガーは、拳を振り回しそうな勢いでそう言ったわ。

「そうそう、マスコミなんて広告で人を釣って金を吐き出させることしか考えていませんことよ」妃都美が、そう言って頷いた。

それから、しばらくして。

発表会以来、生活のほとんどすべてをダンスバトル・ジャパンに捧げていたメンバー達だったけど、これからも活動を持続していくために、ちょっと余裕を持たせることが必要だと大先生は言った。

「また大きなイベントがあるまで、練習は週に2回にしよう」と、提案したの。メンバーは揃って同意したわ。自宅娘達はさておき、池袋店のメンバーは洗濯物もためこんだままだったしね。

たまみも、ちょっと体を休めてゆっくり次の目標を見つけようと思っていたの。そして、ひさしぶりにゆっくりと拓也の顔が見たいなんて思ってたのね。お礼の名目で食事に誘ってみようと考えていたのよ。

ところが、そんな余裕が与えられると思ったら、とんだ大間違いだったわ。

「ちょっとこれ、どう思う？　麗から連絡があったんだけどさ」という万希からの電話で、たまみにまた、ダッシュで働かなきゃならなくなるようなタスクが発生したのよ。

「ダンスバトル・ジャパンでうちらが踊った踊りを誰かがＹｏｕＴｕｂｅにアップしたんだけど、すごい再生回数でさ。こんなに再生されてるなんて、すごいよね。うち、びっくらこいちゃってさ」

万希が麗から聞いたところによると、ダンスバトル・ジャパンの視聴者の中にＪカップクラブ&シードのことを熱狂的に応援してくれた人がいて、デキレース関連のことに憤りを覚え、ネットで一大運動を巻き起こしてくれていたらしいのね。それが火種となって、たまみたちの動画が爆発的に再生されたみたいなの。

「でね、その熱狂的に応援してくれてる人がね、動画にコメントをしてるんだって。自分たち自身でダンスの動画をアップして、広告収入を得るべきだって。YouTubeの動画って、広告も貼ってあるじゃん。うちらのダンスを勝手に公開した知らない誰かが広告料をもらってるんだよ。これさ、広告料？　もらえるもんなら、うちらに入るようにしたほうがよくない？　衣装だってなんだって、うちら手弁当なんだから」

万希は、新宿店の店長が以前に制作したプロモーションビデオを公開してみようと提案してきたのね。でも、以前に撮ったビデオはメンバーが入れ替わる前のもので、彩香じゃなくて里香が出演しているものだったでしょ。

「撮り直さなきゃならないね」そう言いながらたまみは、めまいを感じたわ。

プロモーションビデオを撮り直すとなったら、やることは百万タラあるわけよ。衣装の修繕、スタジオ確保、スケジュール調整、メンバーが7人もいると、まとめていくのは大変なの。それは置いといても大問題なのが、撮影や編集をやってくれる新宿店の店長が骨折して入院中だということなのね。ひどいタイミングでしょ。

撮影を誰にやってもらうか、たまみは必死に考えなければならなくなった。

新宿店スリム店長は「病院を抜け出してでもオレが撮る」とインチキくさい顔を真っ赤

にして言ってくれたそうなんだけど、オーナーに叱られて打ち萎《しお》れ、誰が見舞いに行っても寝たフリするようになってしまったらしいの。

貯金をおろしてプロに頼むしかないかなと、たまみは考えはじめてたのね。ネットでプロカメラマンを探してたところに、万希が再び連絡をくれたわ。

「デブ専ブロガーさんが撮影も編集もやってくれるってさ」

「え、そこ、つながってるの？」と聞いたら、「最近、よく池袋に来るんだよ。ミユのことがタイプらしくて。来るたびサーターアンダギー大量に食ってるよ」と万希は答えたの。カメラマン問題は解決したものの、それでもやることは山積していたわ。たまみはまた、拓也の事を頭から追い出して、バタバタ動き回ったの。

そして、いよいよプロモーションビデオの撮影を明日に控えた日のことだった。

たまみの家に、東北にいる里香から宅配便が届いたのね。

箱を開けると、ジャガイモやネギやゴボウなどの野菜がごろごろと入っていたわ。いちばん上にはプラスチックの箱が載っていたの。箱を開け緩衝材を取り去ると、そこには手紙と、クッキーがぎっしり詰まっていたのね。

手紙を開けてみると、そこにはプリントアウトされた写真が入っていたわ。デニムのオーバーオールを着た里香の写真。おいしそうなパンやクッキーなんかが入ったバスケットを抱えていて、後ろにはミニラな父と母が笑って立ってるの。

里香は実家に帰ってからどうしてたかっていうと、狂ったようにパンやケーキやクッキーを焼きはじめたのね。家族が心配になっちゃうぐらい、一心不乱に作ってたみたいなの。父は「気でもふれたんかこの」と文句ばかり言ってたんだけど、どんなに言われても、里香は作り続けたらしいのよ。ダンスから引き剝《は》がされたことを考えると泣けてしょうがなかったけど、泣きながら頑張ったって手紙に書いてあったわ。

「試行錯誤をくりかえして、パンダのパンやアニメのキャラクターのパンを作れるようになりました。金太郎飴みたいに、どこをカットしてもニャンコの顔があらわれるロールケーキも作れます。そしていま、似顔絵クッキーに挑戦中です。家中がバターとイーストの匂いになっちゃって、くさいくさい。パン屋に間違われそうです」里香の丸っこい字でそう綴られていたの。

あふれかえったパンやお菓子は、もう家族では食べきれないから地元の役場の人達に配ったんだって。

これが役場で、おいしい、かわいいと評判だったそうなの。それで月に2回県立公園で開催されてるマルシェに出店したらどうかと言われ、先日、初参加したらしいのよ。子ども達に好評で、けっこう売れたんだって。ママさん達から「子どもが、でかいねえちゃんのパン食いてぇと言うの。またマルシェに出店してね」って言われたらしいの。

「自分の店を持つことを目指してがんばります。そしたらまた、子ども達のために働けるもんね」と、手紙には書いてあった。

1枚1枚塩化ビニールの袋に入ったクッキーには7人の似顔絵が、色とりどりのアイシングで描かれてたの。仕事がていねいで、里香らしかった。どれが誰だか、すぐにわかったわ。

野菜は、ミニラ父ちゃんが送ってやれって言ったんだって。「あの東京のデブねえちゃんにはキツイこと言って悪かった」って言っているみたい。文句ばっかり言ってた父だったけど、マルシェ出店の際にはお店の設営をやってくれたそうよ。「父ちゃんが育てた野菜なんで、おいしいかわからないけどどうぞ」って、手紙に書き添えられてたわ。

「昔の私だったら、田舎に連れ戻されてデブの自分を恥じて泣いて暮らしたと思うんだけど、今はデブで悪いかという気持ちで生きてます。ダンスをやったおかげだけど、それだけじゃない。東京で有名店のお菓子やパンを食べ尽くしてきた私だからこそ、できることがあると思います」とも書かれてた。

希求。

その言葉を、たまみはまた思い出したの。

希求さえあれば、人はいつか、道を見つけ出す。

そして、生きていくの。

生きていれば季節はめぐって、芽を出すときがやってくる。

クッキーの中には、巨デブ怪獣・食べゴラスのクッキーもあったわ。以前にたまみがそんな話をしたのを、里香は覚えててくれたのね。

たまみはそっと、巨デブ怪獣・食べゴラスのクッキーを袋の上から撫でた。

「里香、あんた偉いね。泣き虫なのに強いね」クッキーに話しかけながら、ちょっと泣きそうになった。だけどすぐに、里香が「それあたしじゃないから。それ怪獣だから」と叫ぶ声が聞こえた気がして、ククク と笑ったの。


デブ専スーパーブロガーは、「君たちJカップクラブ&シードのパフォーマンスの全貌が見られるダンスショット映像を作ろう。カメラを定点に構えて、一曲通して全体を映すんだ。もちろん、レパートリーの全曲やろう」と提案してきた。メンバーも同意したの。

そして撮影のため、7人とデブ専スーパーブロガーがスタジオに集結したわ。

途中参加の彩香ちゃんは、全曲の振りつけを一気に覚えなくちゃならなかったから大変だった。ミユが彩香ちゃんの自主練につきあってあげてたみたい。

彩香ちゃんはミユが持ってくるサーターアンダギーにハマったの。ミユが大喜びで次々と作ってくるのをパクパク食べるもんだから、また太ったのね。

全曲を撮り終えると、7人は力尽きて倒れ込んだ。鏡張りのスタジオのフローリングの床の上で、7体のクジラが腐乱したわ。

「お菓子でも食べましょう」

たまみは腐乱したまま起き上がり、持ってきたエコバッグから里香が作ったクッキーを出したのね。里香の作った似顔絵クッキーは秀逸で、しかもおいしくて、メンバー達は腐りながら大はしゃぎしたわ。

「さすが里香さんですこと」

「フフフ。これ、妃都美以外の誰でもないじゃん」

「うまいさぁー!」

「見ないで食うな」

「疲れがふっとびましたぞー」

万希はしみじみとした口調で、「なんだか、里香がここにいるような気がしちゃう」と言ったわ。

「里香だってメンバーだよ、ずっと」たまみは、そう答えたの。

デブ専ブロガーは、先日の憤懣《ふんまん》をまだ抱えていたわ。

「やっぱり納得できなくて、あれからブログにそのことばかり書き続けてるんだけどさ。日本のマスコミは、本当に三流、四流だよ。バラエティ番組なんか見てると、デブなんて自虐しなかったらテレビに出してもらえない。デブは、自分を恥じてなきゃならないみたいに社会に働きかけてる。これって、いじめだよな」

たまみは、苦笑いしただけだったわ。そんなたまみを見て、デブ専ブロガーはもっと興奮したの。

「オレはこのチームの正当な価値を、あいつらに認めさせてやりたい。自分らがやってることが不当なことだって、わからせたいんだよ。みんなで力を合わせて、なにかできないかな」

たまみは、デブ専ブロガーの目を見つめながら、すこし口角を上げて、ゆっくり言ったわ。

「ありがとうございます。でも、私のするべき事はね、自分にしかできないことをひとつひとつ成し遂げていくだけなんです。そんな経験を積み上げていくだけなんですよ」

「でも、キミは世界を変えるんだろ。それでいいの？」

「はい。ひとつずつ経験を積み上げていけば、きっと認めてもらえます」

「誰に？」

「揺るぎない自分に」

デブ専ブロガーは、すこし怪訝な顔になったわ。

「自分に認められるの？　それで世界が変わるの？」

「うちらはもう変わったよ」横から万希が言ったわ。

「そうですー、すでに6人、変わりましたぞー」夏海が頷いた。

「そうですわ、逆襲よりも、愛よ」妃都美がそう言うと、全員が「おおっ」と驚嘆したわ。

たまみはおだやかな顔で言ったのね。

「この6人は、私にとって世界の入り口でした。まず、入り口はクリアです」

「里香を入れてないさぁ」ミユが突っ込むと、「うわぁぁ、7人、7人」たまみは本気であわてて言ったわ。スタジオに笑い声があふれたのね。

「大先生も変わったのかな」「フフフ、ありゃ変わらないよ、4000年前の干物だもん」と口々に言いながら、あっという間に里香の作ったお菓子を食べ尽くしたの。

ひとつ経験を増やすごとに、少しずつ仲間が増えていく。仲間がまた、仲間を呼んでくる。

たまみの中でそれは、確かな感触だったのね。ささやかだけど、確実に手ごたえを摑みとったの。どんなに時間がかかっても、これが世界を変えていく道なんだって。

でも、後日たまみ達をさらったビッグウェーブときたら、こんなものじゃなかったの。誰も全く予想もしていなかった、まさに神がかりなレベルだったのよ。

18

ＹｏｕＴｕｂｅにたまみたちのダンスショット動画をアップすると、再生回数はみるみる伸びて、テレビで放送されたものを誰かがアップしたものよりもたくさん再生されたの。はじめは、巨デブ達のダンスをおもしろおかしく見てやろうなんて気持ちで見た人が多かったわ。ネタ撒き系のサイトなんかではそういう感じで紹介されてたし、コメントもそんなのが多かったのね。

でも、ダンスの全貌を見られるようにした動画は、それだけで終わらない迫力を伝えていったのね。海外からのコメントを中心に、ダンスがすばらしいと評価されることが次第に増えていって、そこからはものすごい勢いでさらに拡散されていったのよ。

たまみもさすがに、世界中で数百万回も再生されるとは、まさかまさか夢にも思っていなかったの。たまみ達の動画で振りつけを覚え、真似して踊った動画が次々とアップされていったわ。世界中でよ。男もいたし、女もいた。デブだけのチームもあったし、デブじゃない人もいたわ。

そのうち、アメリカのテレビ局から「ダンスの動画をニュースで放映していいか」というオファーがあって、たまみ達はもちろん快諾したのね。それが1回こっきりじゃなかったの。アメリカの他の局とイギリスのテレビ局からも打診がきて、大きく尺を使って放送されたわけなのよ。そうしたら、YouTube動画の再生回数がまた飛躍的にアップしたの。

「カミカゼでも吹いたのかよ」再生回数の数字を見て、万希が目を丸くしていたわ。

そして、いく月かあと。

まさに、青天の霹靂《へきれき》とも思える事件が起きたの。なんの予兆もなかったから、たまみは驚きのあまり口からエクトプラズムが出てしまいそうだった。

過激で芸術的なパフォーマンスで知られるアメリカの女性アーティストが、たまみ達にミュージックビデオへの出演を依頼してきたの。来年の話だけどね。

デブ専ブロガーは、腰を抜かしそうに驚いてたわ。

「すごいことだよ。世界で何千万枚も売れる曲のビデオで踊るんだもの。デブであることを含めて、芸術性を認めてもらえたんだよな。日本のマスコミとか、それに採り上げられて喜んでる奴らの、はるか頭上で燦然《さんぜん》と輝くんだよ」

撮影は日本で行いたいと、超ビッグスターのエージェントは言ってきていたわ。こっちのスタッフを使って東京で撮ったほうがいいだろうということで、わざわざ来日して撮影するの。大先生のカンパニーでも、そんなに頻繁にはないことよ。大先生の株は業界内でまた跳ね上がっちゃったのよ。

お母さん軍団はもう、それはそれは張り切って衣装の打ち合わせに参加したわ。

テーマパークのパレードみたいな衣装を作らなくちゃならなくなってビビッてたけど、やってみせると言ってるの。縫い合わせや飾りつけは、東北にいる里香も手伝いたいと言ってくれたのね。ひょんなことからスゴイ仕事をすることになって、手伝いたい人が続出して大騒ぎよ。

この話にはオマケがついてきたわ。みんなそれぞれが飛び上がるぐらいの出演料をもらえることになったの。万希は進一郎の学資に、そんなに汲々《きゅうきゅう》と貯金しなくても安心よ。万希は今、もうちょっときれいなマンションに引っ越しを検討中なの。

ネットでは、たまみたちにネガティヴな発言をぶつける声が次第に少なくなっていったわ。いまではもう、ほとんどないみたい。これだけの活躍を見せたんだもの、リスペクトを表明する人が多くて、ヘタに叩いたら逆にボコられちゃうか、最底辺の汚物のように無視されちゃう感じに空気が変わったの。

ネット上での話だけど、「デブかっこいい」という概念が生まれていて、言葉として定着していきそうだった。テレビでもデブかっこいい人たちがフィーチャーされるようになってきたの。昔のスターで現在では太っている人の何人かには、返り咲き現象が見られたわ。たまみたちに、お歳暮かなにか贈ってくれてもよさそうなものよね。

Jカップクラブには、デブ専じゃないファンも詰めかけてきて、ちょっとキャパオーバーになりかけてるの。オーナーは、本格的なダンスのショーを見せるショーパブを作ろうとしていて、物件を探しているみたいなのね。昔からの夢だったんだって。昼はファミリー向け、夜は大人向けのショーパブよ。完成したらダンサーチームにはそっちに行ってもらおうと思っているみたい。新宿店の店長は、ショーパブの支配人になりたいと名乗りを上げていて、インチキくさい顔して真面目に準備を手伝っているの。

種から芽が伸びて、そして、茂りはじめた。

たまみはひとりひとりの笑顔を思い浮かべて、そう思ったの。

ほんの2年ほど前までは、自分ひとりの希求しかなかった。

でも、なんでも希求からはじまる。

希求は次から次へと別の希求を生み出して、他人の希求ともつながるの。

そうやって種から出た芽は生い茂っていくんだなぁと思ったわ。


もちろん、課題はまだまだいっぱいある。万希が先日、問題提起してきたわ。万希は最近、ちょっとやせはじめているのね。たまみも、聖母・冷蔵庫様の呪縛から解き放たれつつあって、最近ちょっとやせたの。

「あたしらデブがさ、こんなに踊ってたら、いつかやせるか死ぬかのどっちかじゃん。やせちゃったら、どうすりゃいいのかな」

「ご安心ください、万希さんは、そう簡単にはやせませんぞー」夏海がそう言って笑った。

自分のことは、完全に棚に上げてたの。

「サーターアンダギーがあれば大丈夫さぁ」と、ミユが言った。

これって難しい問題だと、たまみは思ったわ。Jカップクラブ&シードのダンスはデブならではのものだけど、デブじゃなくなったからって仲間でいられなくなるなら、デブじゃない人がデブを仲間にしないこととどう違うんだろうって。

そしたら、「なんくるないさぁ」とミユが言ったのね。

「そしたらさぁ、やせた人でチームを作ったらいいのさぁ。やせても太っても、どっちかに入れるようにしましょうね。たまに、デブやせコラボのダンスも作るのよ」

いいアイデアだと、みんな思ったの。

大先生が、言ってたんだもの。

「あんたらのダンスを習いたいっていうデブから、問い合わせがいっぱい来てるよ。デブでも踊りたい人、いっぱいいいたんだねぇ。デブじゃない人からもいっぱいきててさ。あんたら、今度からインストラクターになるための修業もしてみる？　デブにもデブじゃない人にも教えなきゃなんないよ」

どうやらキャバ嬢たちにはインストラクターという、キャバを卒業した後でも続けられる仕事が生まれたみたいだったわ。最年長の万希は特に食いついていたの。「小田原のバレエ教室の先生よりも、数百倍いい先生になってみせるよ」と、鼻息を荒くしていたわ。

踊れる人をたくさん育てれば、いろんな組み合わせで踊れる。ショーパブでも、ライブイベントでも、お客さんに見てもらって喜んでもらえる場はたくさんある。自分たちが生み出したものを、もっともっと広げていけるのよね。


ところで、大先生とふたりでスタジオ使用のスケジュールの打ち合わせをしているときだったわ。大先生が不意に、たまみに訊ねてきたの。

「あのシマシマパンツ君はどうしてるのさ」

シマシマパンツ君とは辻堂拓也のことよ。

発表会の打ち上げで脱がされた拓也がシマシマパンツをはいていたことから、拓也はJカップクラブの常連たちからシマシマパンツ君と呼ばれるようになったの。呼ばれるたびに拓也が「シマシマパンツなんて誰だってはくじゃないですかッ」と抗議するから、それが面白くてよけいにそう呼ばれちゃうのね。

「バタバタしちゃってて、あんまり連絡とれてないんです」たまみは、内心どきっとしながらそう答えたわ。

「あんたら、なんでさっさとつき合っちゃわないの？」大先生がそう訊くので、たまみは、デブ専である拓也からつき合ってくれと言われた時に、デブである自分を受け入れられていなくて断ってしまい、それから微妙な関係になっているのだと説明したのね。

「あんた、ばっかじゃないの」大先生は八百屋さんみたいなしゃがれ声で叫んだわ。

「あたしなんかババアだし、好きな人がババ専だったら大喜びよ。あんたもデブとして生きるハラが決まったんなら、デブ専のことも受け入れなよ」

「はい、そうですね」たまみは、すこし笑って答えたわ。

「なんだか恋愛のことになると、いろいろ思い悩んじゃいそうで。仕事やダンスもあるのに全部やりきれるのか、自信がなくなっちゃうんですよね。恋愛って、どうしても思い悩んじゃうものですか？」

たまみが訊くと、先生は軽く目を閉じて答えた。

「そうだね」

「いつぐらいで思い悩まなくなるんでしょうね、思い悩まなくなるまでどれぐらい時間がかかるものですか？」

「思い悩むのも幸せなことだって気づくまでだよ」大先生はそう言って、たまみの肩をちょっとさわり、オフィスを出て行ったわ。

たまみは意を決して、携帯電話を取り出したの。

「シマシマパンツ君、元気ですか」そう打ち込むと、メールを送信してみたのよ。

「シマシマパンツなんて誰だってはくじゃないですかッ」1分もたたないうちに、拓也から返信がきたわ。

「しばらくですね」たまみが返信の返信をすると、「昨日、シカゴ出張から帰ってきました。メールの返事、してなくてすみません」と、返ってきたのね。

たまみは初めて、自分から拓也を誘ったの。

「デートしてください」

「マジですか。なに食べたいですか」

そう聞かれて、たまみはちょっと考えた。ゼリー以外はなんでも好きだから、聞かれても困っちゃうの。考えた結果、たまみは一番正直な返事をしようと思ったのね。

「シマシマパンツ君がいちばん好きなものが食べたいです」

「シマシマパンツなんて誰だってはくじゃないですかッ」またまたすばやいお返事がきたわ。


2日後。

たまみは自宅のダイニングで、ちょっと念入りにメイクしていたわ。辻堂拓也とひさしぶりにデートする日だからよ。今度こそ素直な自分になろうと、たまみは決めていたの。

拓也に対してだけじゃなくて、あらゆる人に対して。なにより自分に対してね。

もうちょっとで出かけようと思っていた時に、母がお茶を淹れにダイニングに入ってきたわ。たまみは、母に渡そうと思っていた小さな包みを取り出したの。

「種」というイメージを得てから、たまみは自分でも驚くぐらい変わってこられたでしょ。だから、その感謝の証《あかし》として、たまみは3つのプレゼントを買っておいたの。ひとつは母に、百合の模様のハンカチーフ。ひとつは拓也に、ぶどうの蔓《つる》を思わせる織り模様のネクタイ。そしてもうひとつは、よき子に、スズランの香りのお香。近々お墓参りに行って、供えるつもりなのね。「私は生きてるよ。あなたと一緒にだよ」よき子の墓前で、そう言いたいの。

たまみは母の正面に立って、プレゼントを差し出した。

「お母さん、これ、私からのプレゼントです」

「置いといて」

母は一瞥もせずにそう言うと、お茶を片手にダイニングから出て行ったわ。相変わらずなの。

たまみは母の背中を見ながら、ちょっと笑った。この1年でいろいろな親を見てきたけど、やっぱり飛び抜けてユニークだよなぁと思ったの。美しい母の後ろ姿が、なんだかユーモラスに見えたのね。

「たまったもんじゃないよねぇ」

そうつぶやいて、たまみは、もう一度笑ったの。

出かける前にたまみは、家でいちばん大きな鏡に自分を映してみた。

太ってて、絶対に美人とは呼ばれない自分がそこにいたわ。

たまみは鏡に向かって微笑んで、体の軸を意識して軽く背伸びをしたの。それから、キレのある1回転のターンをすると、きれいにポーズを決めて止まったわ。

「なかなか、かっこいい」と、たまみは思った。お母さんには、これはできないって。

そしてたまみは、拓也に会うために家を出たの。

ちょっとだけ、早足だった。

その姿はなんだか、羽ばたいていくように見えたわ。

聖母・冷蔵庫様の礼拝堂があるこの家から、羽ばたいていくように見えたの。

19

實はいま、学校に通っているのね。

高校卒業の資格をとるために、猛勉強中なのよ。マスターはそんな實に、土曜日以外は終電で帰っていいと言ったの。なんと、給料は減らさないと言ってくれたのね。身も心も太っ腹なのかしらって感じなんだけど、これまでの實が貢献してきた売り上げを考えたら、そのぐらいしてあげてもいいかもしれないわね。どうせ、12時を過ぎたら店も暇なんだし。

Jカップクラブ&シードのダンスに導かれて、過去の呪縛から解放されつつある實なんだけど、意外にも實は、脱デブの道を選んだの。

理由はいろいろあったわ。

物心ついた頃からデブだった實は、脂肪の中にいる正味の自分と会ってみたいと思ったのね。

そして、ヒロの指導でならやせたいと思ったのよ。ヒロといろいろ話すうち、彼は地道な運動と自炊による食餌《しよくじ》療法で、堅実に脱デブしていった人なのだということがわかったの。サプリなんて全然摂ってないんだって。摂食障害になったことはないし、食欲中枢の暴走も、いまではごくたまにしか起こらないそうなの。ヒロのようにやってみたいと、實は思ったわけなのよ。

さらに、なによりいちばんの脱デブ理由があったの。

實は、脱デブしようとする人が摂食障害をおこしたりしないように、ダイエットをサポートする仕事がしたいと思ったのよ。

もちろん、すべてのデブが脱デブするべきだなんて思わない。脱デブしたい人は脱デブすればいいし、デブのままで生きたい人はデブのまま生きればいい。人々が、どんな生き方も祝福してくれたら、一番いいと思っているのね。「ロングヘアも似合うけど、ショートもいいねぐらいに？」とラミちゃんは言ったけど、そこまではいかなくても、もっと普通に受け入れてくれたらと思うわけなの。

脱デブに追い込まれた人が、危険にさらされ、金だけむしりとられたり、健康や命まで奪われることもある。そんな不幸なことが起こるのを、實は少しでも食い止めたいと考えたの。

誰もが、デブはやせればいいと思ってる。

だけど本当は、やせるだけじゃだめなの。

脱デブ前から脱デブの最中、さらには脱デブ後までも、本当の意味で自分を受け入れるまでのケアが必要なのよ。だから實は、身体的にも精神的にもさまざまな手助けをしてあげる、ダイエット・トレーナー兼カウンセラーみたいな仕事を始めたいと考えたのね。それにはまず、自ら脱デブすることが必要でしょ。

「高校卒業の資格をとって、それからどうするの？」ラミちゃんに訊かれた實は、「通信で栄養士の勉強をして資格をとる」と答えた。

ダイエットって、次から次へとネットの記事に出回る「○○を起きがけに食べると、○○に含まれる×××という物質が作用して脂肪を燃焼しやすくなります」みたいな、科学者や科学者もどきが言う近視眼的なものだけじゃなんにもならないわ。

食べることは生活の根幹なんだから、全人的な視点が必要でしょ。

實は、生理学も学びたいし、心理学も学びたいし、調理も、民俗学も、食の歴史も学びたい。人にダイエットをご指南するためには学ばなきゃならないことが多すぎて、ちょっと焦っているぐらいなの。エネルギーの噴出は、当分止まりそうもなかったわ。

食べることは、生きること。

そもそも人間は、なにを食べて生きていけばいいのか。

生きるために必要なものと不必要なものを、きちんと見極めたいと、實は思っているのね。

巷ではダイエット情報やグルメ情報や健康食情報が氾濫して、本質を見えづらくさせるわ。誰かが儲けるための情報が、洪水みたいに押し寄せてくるじゃない。そんな中にいると、食べることの原点からかけ離れて、気づけばとんでもないものを食べて生きているみたいになりかねないでしょ。

溢れる情報をただ受け止めるだけの人は、それに流されていくわ。でも、自分はそれではいけないと實は思ってるの。指導者となるからには、食べることの本質にがっちり根ざした軸が必要だってね。

軸を作るためには、与えられる情報をやみくもに信じ込むのではなくて、自分で学びとった情報を積み重ねることが必要だと考えたの。自分がもしそれをちゃんと伝えていくことができたなら、たくさんの人が軸を持つことができる。ちょっとぐらいふらついても、また食べることの原点に戻れるようになるはずよね。

實がヒロの指導で脱デブすると聞いて、ラミちゃんもやりたいと言ってきたわ。理由はいろいろ言っていたけど、やっぱりヒロへの一途な想いが無関係なわけはないと、實はにらんでいるのね。

ラミちゃんは鼻息も荒く、ＹｏｕＴｕｂｅでダイエット宣言すると言ったわ。たぶん注目されるだろうし、途中経過を公開しようと考えついたのね。

もし實もラミちゃんも脱デブに成功して、必要な要件がそろったら、３人でダイエット・トレーナー兼カウンセラーのオフィスを開業しようよと、話が盛り上がった。ラミちやんのトークによるカウンセリングを受けたい人は、きっとたくさんいるはずよ。たくさんの傷ついた人たちに、自分をいたわることや食の本質を伝えていけるよう、勉強に励もうと3人は誓い合ったの。

脱デブしようと思ったら隠さないと、實はマスターに約束していたでしょ、だから正直に話したわ。ラミちゃんと一緒にね。

マスターは動揺せずに、「体重が90キロを下回ったら、この店は卒業ということにしましょうか。ふたりと離れるのは寂しいけど、ここはデブ専バーだからね」と言ったわ。

「まぁ、脱デブしても、いつかまた太るかもしれないでしょ。戻って来たくなったら、戻っていらっしゃい。その時に別のスタッフが入っていたら、2号店でも3号店でも出せばいいのよ。デブ専は、永遠。そしてデブ専バーも、永遠よ」

實は行き慣れた図書館で、初めて栄養学の本を手にしてみたの。

表紙からして、ガリ勉君が着ているニットの模様みたいな装丁のハードカバーの本だったわ。中を読んでみると、ちんぷんかんぷんな単語や、蜂の巣みたいな図がたくさん書かれてあって、頭痛がしてきそうだった。

なんで、誰もが理解できるように書かないのだろうか。

實は軽くいらついたわ。

でも、パズルを解《と》くように、必ずモノにしてやると思ったの。

突き止めるために。

人間が生きていくために、なにを食べていけばいいのか。

不必要なものはなんなのか。

それをわかった上で、日々食べるものや、ご褒美のようにたまに食べるもの、もろもろを整理して決めていけばいい。そういう食べ方をして生きていきたいと實は思ったわ。最初からそんなに都合よくいかないかもしれないけど、流されてしまっても戻ってこられる岸を、心の中に作っておきたいと考えたのね。


図書館を出て、いつものように店に向かった實は、メールの受信音に気づいて携帯電話をのぞきこんだ。

「ハンドソープがなくなっちゃったから買っておいて」という、マスターからの業務連絡だったの。實はドラッグストアに入り、いつものハンドソープを手にとってレジに向かったのね。

そのとき、見切り品として投げ売りされている商品のワゴンが、ふと、目に留まったの。なにかいいものはないかと思って物色したら、その中に「アクチニジン酵素石鹸」を見つけたわ。そう、あの大行列に並ばないと買えなかった、やせる石鹸よ。いまでは投げ売りでも、誰も買わないみたいだった。

實はかつて、2000円でこれを買ったんだったわね。

あれから、約2年。

ワゴンの中に見つけたやせる石鹸には、100円の値札シールが貼られていたわ。

實はそれをワゴンに戻して、ハンドソープを買い、ドラッグストアを出て店に向かったの。


〈完〉

文庫版　あとがき

この本を最後まで読んでくださったみなさまに、まずは心から御礼申し上げます。ありがとうございました。

この話を最初に書いたのは、単行本が発売される二十年前でした。
その頃、私は二十代。
こんな小説を書いたところで共感してもらえるのだろうかと悩みながら書きましたが、書き上げてみると、一億人を敵にまわしてでも世間に投げつけてやりたいという気持ちが超新星のように膨らんできてしまったのを鮮明におぼえています。

肥満はもちろん、バストだの毛穴だの男性器だの、コンプレックスを生みだしていく「世の中」というものがあります。さらに、それを増幅させることで商売する人たちが実際に存在して、なにも悪いことはしていなくても痛みを抱えて生きていかざるをえなくなった人が大勢います。たまったもんじゃありません。自分を嫌いになる必要なんて、どこにもないのに。

どうしても本にしてもらいたくて文学新人賞に応募したのですが、ファイナリストまで残ったものの落選してしまいました。けれど気持ちは、そして世間も、二十年のあいだ少しも変わりませんでした。

最初に書いたレガシー「やせる石鹸」は、實がデブ専ゲイバーで働きながら過去を振り返るだけのお話でしたけれど、二十年の月日の中でアップデートするうちにたまみが生まれ、拓也が生まれ、万希が生まれ、どんどん壮大な物語になっていきました。

ひとつの作品を二十年かけて書くという体験が、一生のうち何回できるのか。私についていえば、一回、これっきりだと思うのです。もしかしたら私はこの小説を書くために生まれたのかもしれない、なんて感じた創作体験でした。そんな小説をみなさんと共有できたこと、非常にうれしいです。

「だからなに？」っていう言葉、私の大好きな福岡弁では「だけんなん？」っていうそうなんですね。かわいいですよね。必要もないコンプレックスを抱かされそうになったら、みんな、大声で言ってやればいいと思うんです。

だけん、なーんッ！

二〇二三年二月

歌川たいじ

二〇一五年八月　ＫＡＤＯＫＡＷＡ刊

※この作品の本文中には、今日の観点からすると不快・不適切とされる呼称が使用されています。また、物語の特質上、登場人物が自らを語る場面などで、容姿、性的指向・自認などについて、偏見やこれに基づく侮蔑ととられかねない表現が用いられています。しかしながら、作品の根幹に関わる設定や表現であることを考慮し、あえてそのまま使用いたしました。差別や偏見の助長を意図するものではないことをご理解ください。

（編集部）

光文社文庫

やせる石鹸《せつけん》（下）　逆襲《ぎやくしゆう》の章《しよう》
著　者　歌《うた》川《がわ》たいじ

2023年3月20日　初版1刷発行

発行者　三　宅　貴　久
印　刷　堀　内　印　刷
製　本　榎　本　製　本

発行所　株式会社　光　文　社
〒112-8011　東京都文京区音羽1-16-6
電話（03）5395-8149　編　集　部
8116　書籍販売部
8125　業　務　部

落丁本·乱丁本は業務部にご連絡くだされば、お取替えいたします。
ISBN978-4-334-79510-8　Printed in Japan

組版　萩原印刷